RÉIMPRESSION DES ÉDITIONS ORIGINALES
DES PIÈCES DE MOLIÈRE

LES PLAISIRS

DE

L'ISLE ENCHANTÉE

TIRAGE.

350 exemplaires sur papier vergé (nos 44 à 393).
20 — sur papier Whatman (nos 24 à 43).
20 — sur papier de Chine (nos 4 à 23).
2 — sur parchemin (nos 2 et 3).
1 — sur vélin (no 1).

393 exemplaires, numérotés.

No

MOLIÈRE

LES PLAISIRS DE L'ISLE ENCHANTÉE

Édition originale

RÉIMPRESSION TEXTUELLE PAR LES SOINS

DE

LOUIS LACOUR

PARIS

LIBRAIRIE DES BIBLIOPHILES

Rue Saint-Honoré, 338

M DCCC LXXX

LES PLAISIRS DE L'ISLE ENCHANTE'E.

COVRSE DE BAGVE,

Collation ornée de Machines, Comedie de Moliere de la Princesse d'Elide, meslée de Danse et de Musique, Ballet du Palais d'Alcine, Feu d'Artifice : Et autres Festes galantes et magnifiques ; faites par le Roy à Versailles, le 7. May 1664. Et continuées plusieurs autres Iours.

A PARIS,
Chez ROBERT BALLARD, seul Imprimeur du Roy, pour la Musique, rue S. Jean de Beauuais, au Mont Parnasse.
Et au Palais.
Chez { THOMAS IOLLY à la Salle des Merciers, à l'Enseigne de la Palme.
GVILLAVME DE LVYNES, mesme Salle, à l'Enseigne de la Iustice.
LOVIS BILLAINE dans la grande Salle, à l'Enseigne de la Palme et du grand Cesar. }

M. DC. LXV.
AVEC PRIVILEGE DE SA MAIESTE'

LES PLAISIRS DE L'ISLE ENCHANTE'E.

COVRSE DE BAGVE,

Collation ornée de Machines, Comedie de Molliere, Intitulée la Princesse d'Elide, meslée de Danse et de Musique, Ballet du Palais d'Alcine, Feu d'Artifice : Et autres Festes galantes et magnifiques; faites par le Roy à Versailles, le 7. May 1664. Et continuées plusieurs autres Iours.

LE ROY voulant donner aux Reynes et à toute sa Cour, le plaisir de quelques Festes peu communes, dans vn lieu orné de tous les agréments qui peuuent faire admirer vne Maison de Campagne, choisit Versailles à quatre lieuës de Paris. C'est vn Chasteau qu'on peut nommer vn Palais Enchanté, tant les adjustemens de l'art ont bien secondé les soins que la Nature a pris pour le rendre parfait : Il charme de toutes manieres, tout y rit dehors et dedans, l'or et le marbre y disputent de beauté et d'esclat : Et quoy qu'il n'ayt pas cette grande estenduë qui se remarque en quelques autres Palais de sa Majesté : Toutes choses y sont si polies, si bien entenduës et si acheuées, que rien ne le peut esgaler. Sa Symeterie, la richesse de ses meubles, la beauté de ses promenades, et le nombre infiny de ses fleurs, comme de ses orangers, rendent les enuirons de ce lieu dignes de sa rareté singuliére : La diuersité des bestes contenuës dans les deux Parcs, et dans la Mesnagerie, où plusieurs courts en Estoilles sont accompagnées de Viuiers pour les animaux aquatiques, auec de grands bastimens, joignent le plaisir auec la magnificence, et en font vne maison accomplie.

Ce fut en ce beau lieu où toute la Cour se rendit le cinquiesme de May, que le Roy traitta plus de six cent personnes jusques au quatorziesme; outre vne infinité de gens necessaires à la Danse et à la Comedie, et d'Artisans de toutes sortes venus de Paris; si bien que cela paroissoit vne petite armée.

Le Ciel mesme sembla fauoriser les desseins de sa Majesté, puis qu'en vne saison presque toûjours pluuieuse on en fût quitte pour vn peu de vent, qui sembla n'auoir augmenté, qu'afin de faire voir que la preuoyance et la puissance du Roy estoient à l'espreuue des plus grandes incommoditez; de hautes toilles, des bastimens de bois faits presque en un instant, et vn nombre prodigieux de flambeaux de cire blanche, pour suppléer à plus de quatre mille bougies chaque journée, resisterent à ce vent, qui par tout ailleurs eust rendu ces diuertissemens comme impossibles à acheuer.

Monsieur de Vigarini, Gentilhomme Modenois, fort sçauant en toutes ces choses, inuenta et proposa celles cy; et le Roy commanda au Duc de S. Aignan, qui se trouua lors en fonction de premier Gentilhomme de sa Chambre, et qui auoit déja donné plusieurs sujets de Ballets fort agreables, de faire vn dessein où elles fussent toutes comprises auec liaison et auec ordre; de sorte qu'elles ne pouuoient manquer de bien reussir.

Il prit pour sujet le Palais d'Alcine, qui donna lieu au Tiltre des Plaisirs de l'Isle Enchantée; puis que selon l'Arioste le braue Roger et plusieurs autres bons Cheualiers y furent retenus par les doubles charmes de la beauté, quoy qu'empruntée, et du sçauoir de cette Magicienne; et en furent déliurez apres beaucoup de temps consommé dans les délices, par la bague qui destruisoit les enchantemens : C'estoit celle d'Angelique que Melisse sous la forme du vieux Atlas, mit enfin au doigt de Roger.

On fit donc en peu de jours orner vn Rond, où quatre grandes allées aboutissent entre de hautes palissades, de quatre Portiques de trente-cinq pieds d'élevation, et de vingt-deux en quarré d'ouuerture; de plusieurs festons enrichis d'or, et de diuerses peintures auec les armes de sa Majesté.

Toute la Cour s'y estant placée le septiesme, il entra dans la place sur les six heures du soir vn Heraut d'Armes, representé par M. des Bardins, vestu d'vn habit à l'antique couleur de feu en broderie d'argent, et fort bien monté.

Il estoit suivy de trois Pages : celuy du Roy, M. d'Artagnan, marchoit à la teste de deux autres, fort richement habillé de couleur de feu, liurée de sa Majesté, portant sa lance et son Escu, dans lequel brilloit vn Soleil de pierreries auec ces mots.

Nec Cesso, nec Erro.

Faisant allusion à l'attachement de sa Majesté aux affaires de son Estat, et à la maniere auec laquelle il agit, ce qui estoit encore representé par ces quatre vers du President de Perigny, autheur de la mesme Deuise.

CE n'est pas sans raison que la Terre et les Cieux,
Ont tant d'estonnement pour vn Objet si rare;
Qui dans son cours penible, autant que glorieux,
Iamais ne se repose, et jamais ne s'égare.

Les deux autres Pages estoient aux Ducs de

S. Aignan et de Noailles; Le premier Mareschal de Camp, et l'autre Iuge des Courses.

Celuy du Duc de S. Aignan portoit l'Escu de sa Deuise, et estoit habillé de sa liurée de toille d'argent enrichie d'or, auec des plumes incarnates et noires, et les rubans de mesme : Sa Deuise estoit. Vn Thymbre d'horloge auec ces mots.

De mis golpes mi Ruido.

Le Page du Duc de Noailles estoit vestu de couleur de feu, argent et noir; et le reste de la liurée semblable; la Deuise qu'il portoit dans son Escu, estoit un Aigle auec ces mots.

Fidelis et audax.

Quatre Trompettes et deux Tymbaliers, marchoient apres ces Pages, habillez de satin couleur de feu, et argent; leurs plumes de la mesme liurée, et les caparaçons de leurs cheuaux couuerts d'une pareille broderie, auec des Soleils d'or fort esclatans aux banderoles des Trompettes, et les couuertures des Tymballes.

Le Duc de S. Aignan, Mareschal de Camp, marchoit apres eux armé à la Grecque, d'vne cuirasse de toille d'argent couuerte de petites escailles d'or, aussi bien que son bas de saye; et son Casque estoit orné d'vn Dragon, et d'vn grand nombre de plumes blanches, meslées d'incarnat et de noir : Il montoit vn cheual blanc bardé de mesme, et representoit Guidon le Sauuage.

Pour le Duc de Saint-Aignan, *representant Guidon le Sauuage.*

MADRIGAL.

Les combats que j'ay faits en l'Isle dangereuse,
Quand de tant de Guerriers je demeuray vainqueur,
Suiuis d'vne espreuue amoureuse,
Ont signalé ma force aussi-bien que mon cœur.
La vigueur qui fait mon estime,
Soit quelle embrasse vn party legitime,
Ou qu'elle vienne à s'eschapper,
Fait dire, pour ma gloire, aux deux bouts de la Terre,
Qu'on n'en void point en toute guerre,
Ny plus souuent ny mieux frapper.

POVR LE MESME.

Seul contre dix Guerriers, seul contre dix Pucelles,
C'est auoir sur les bras deux étranges querelles,
Qui sort à son honneur de ce double combat
Doit estre ce me semble vn terrible Soldat.

Huit Trompettes et deux Tymbaliers, vestus comme les premiers, marchoient apres le Mareschal de Camp.

LE ROY representant Roger les suiuoit, montant vn des plus beaux cheuaux du monde, dont le harnois couleur de feu esclattoit d'or, d'argent et de pierreries : Sa Majesté estoit armée à la façon des Grecs comme tous ceux de sa Quadrille, et portoit vne cuirasse de lame d'argent, couuerte d'une riche broderie d'or et de diamans. Son port et toute son action estoient dignes de son rang; son Casque tout couuert de plumes couleur de feu, auoit vne grace incomparable; et jamais vn air plus libre, ny plus guerrier, n'a mis vn mortel au-dessus des autres hommes.

SONNET.

Pour le ROY *representant* ROGER.

QVelle taille, quel port a ce fier Conquérant !
Sa personne éblouït quiconque l'examine,
Et quoy que par son Poste il soit déja si Grand,
Quelque chose de plus éclate dans sa mine.

Son front de ses Destins est l'auguste garant,
Par delà ses Ayeux sa vertu l'achemine,
Il fait qu'on les oublie, et de l'air qu'il s'y prend
Bien loin derriere luy laisse son origine.

De ce cœur genereux c'est l'ordinaire employ,
D'agir plus volontiers pour Autruy que pour soy,
Là principalement sa force est occupée :

Il efface l'éclat des Héros anciens,
N'a que l'honneur en veuë, et ne tire l'épée
Que pour des interests qui ne sont pas les siens.

Le Duc de Noailles, Iuge du Camp sous le nom d'Oger le Danois, marchoit apres le Roy, portant la couleur de feu et le noir sous vne riche broderie d'argent, et ses plumes aussi bien que tout le reste de son esquipage estoient de cette mesme liurée.

Le Duc de Noailles. *Oger le Danois, Iuge du Camp.*

CE Paladin s'applique à cette seule affaire
De seruir dignement le plus puissant des Rois,
Comme pour bien juger il faut sçauoir bien faire,
Ie doute que personne appelle de sa voix.

Le Duc de Guise et le Comte d'Armagnac marchoient ensemble apres luy. Le premier portant le nom d'Aquilant le Noir, auoit vn habit de cette couleur en broderie d'or et de geaix; ses plumes, son cheual, et sa lance assortissoient à sa liurée : Et l'autre representant Griffon le Blanc, portoit sur vn habit de toille d'argent plusieurs rubis, et montoit vn cheual blanc bardé de la mesme couleur.

Le Duc de Guise. *Aquilant le Noir.*

LA Nuit à ses beautez de mesme que le jour,
Le Noir est ma couleur, je l'ay toûjours aymée,
Et si l'obscurité conuient à mon Amour,
Elle ne s'estend pas jusqu'à ma Renommée.

Le Comte d'Armagnac. *Griffon le Blanc.*

Voyez quelle candeur en moy le Ciel a mis,
Aussi nulle beauté ne s'en verra trompée,
Et quand il sera temps d'aller aux ennemis
C'est où je me feray tout blanc de mon épée.

Les Ducs de Foix et de Coaslin qui paroissoient ensuite, estoient vestus l'vn d'incarnat auec or et argent; et l'autre de vert, blanc et argent : Toute leur liurée et leurs cheuaux estant dignes du reste de leur équipage.

Pour le Duc de Foix. *Renaud.*

IL porte vn Nom celebre, il est jeune, il est sage,
A vous dire le vray c'est pour aller bien haut,
Et c'est vn grand bonheur que d'auoir à son âge
La chaleur necessaire, et le flegme qu'il faut.

Le Duc de Coaslin. *Dudon.*

TRop auant dans la Gloire on ne peut s'engager,
I'auray vaincu sept Rois, et par mon grand courage
Les verray tous soûmis au pouuoir de ROGER,
Que je ne seray pas content de mon Ouurage.

Apres eux marchoient le Comte du Lude et le

Prince de Marsillac, le premier vestu d'incarnat et blanc; et l'autre de jaune, blanc et noir, enrichis de broderie d'argent, leur liurée de mesme, et fort bien montez.

Le Comte du Lude. *Astolphe.*

DE tous les Paladins qui sont dans l'Vnivers
Aucun n'a pour l'Amour l'ame plus échauffée,
Entreprenant toûjours mille projets diuers,
Et toujours enchanté par quelque jeune FE'E.

Le Prince de Marsillac. *Brandimart.*

MEs vœux seront contens, mes souhaits accomplis,
Et ma bonne fortune à son comble arriuée,
Quand vous sçaurez mon zèle, aymable FLEVR DE LIS,
Au milieu de mon cœur profondément grauée.

Les Marquis de Villequier et de Soyecourt, marchoient en suite; l'vn portoit le bleu et argent; et l'autre le bleu, blanc, et noir auec or et argent; leurs plumes, et les harnois de leurs cheuaux estoient de la mesme couleur, et d'vne pareille richesse.

Le Marquis de Villequier. *Richardet.*

PErsonne comme moy n'est sorty galamment
D'vne intrigue où sans doute il falloit quelque adresse.
Personne à mon auis plus agreablement
N'est demeuré fidelle en trompant sa Maistresse.

Le Marquis de Soyecourt. *Oliuier.*

VOicy l'honneur du Siecle, aupres de qui nous sommes
Et mesme les Geants, de mediocres Hommes,
Et ce franc Cheualier à tout venant tout prest
Toûjours pour quelque Iouste a la lance en arrest.

Les Marquis d'Humieres et de la Valliere les suiuoient, Ce premier portant la couleur de chair et argent; et l'autre gris de lin, blanc et argent: toute leur liurée estant la plus riche, et la mieux assortie du monde.

Le Marquis d'Humieres. *Ariodant.*

IE tremble dans l'accés de l'amoureuse fiéure,
Ailleurs sans vanité je ne tremblay jamais,
Et ce charmant objet, l'adorable GENE'VRE,
Est l'vnique vainqueur à qui je me soûmets.

Le Marquis de la Valliere. *Zerbin.*

QVelques beaux sentimens que la gloire nous donne
Quand on est amoureux au souuerain degré,
Mourir entre les bras d'vne belle Personne
Est de toutes les morts la plus douce à mon gré.

Monsieur le Dvc marchoit seul, portant pour sa liurée la couleur de feu, blanc et argent: vn grand nombre de Diamans estoient attachez sur la magnifique broderie, dont sa cuirasse, et son bas de saye estoient couuerts; son casque et le harnois de son cheual en estant aussi enrichis.

Monsieur le Duc. *Roland.*

ROland fera bien loin son grand Nom retentir,
La Gloire deuiendra sa fidelle Compagne.
Il est sorty d'vn sang qui brusle de sortir
Quand il est question de se mettre en campagne,
Et pour ne vous en point mentir,
C'est le pur sang de Charlemagne.

VN Char de dix-huit pieds de haut, de vingt-quatre de long, et de quinze de large; paroissoit en suite esclatant d'or et de diuerses couleurs: Il representoit celuy d'Apollon, en l'honneur duquel se celebroient autrefois les Ieux Pythiens, que ces Cheualiers s'estoient proposez d'imiter en leurs Courses et en leur équipage: Cette Diuinité brillante de lumieres estoit assise au plus haut du Char, ayant à ses pieds les quatre Aages ou Siecles, distinguez par de riches habits, et par ce qu'ils portoient à la main.

Le Siecle d'Or orné de ce precieux metail, estoit encore paré de diuerses Fleurs, qui faisoient vn des principaux ornemens de cét heureux Aage.

Ceux d'Argent et d'Airain, auoient aussi leurs remarques particulieres.

Et celuy de Fer, estoit representé par vn

Guerrier d'vn regard terrible, portant d'vne main l'espée, et de l'autre le bouclier.

Plusieurs autres grandes Figures de relief paroient les costez de ce Char magnifique : Les Monstres Celestes, le Serpent Python, Daphné, Hyacinte; et les autres Figures qui conuiennent à Apollon, auec vn Atlas portant le Globe du Monde, y estoient aussi releuez d'vne agreable sculpture : Le Temps representé par le Sieur Millet, auec sa faux, ses aisles, et cette vieillesse decrepite, dont on le peint toûjours accablé, en estoit le conducteur : Quatre cheuaux d'vne taille et d'vne beauté peu communes, couuerts de grandes housses semées de Soleils d'Or, et attellez de front, tiroient cette Machine.

Les douze Heures du jour et les douze Signes du Zodiaque, habillez fort superbement, comme les Poëtes les dépeignent, marchoient en deux files aux deux costez de ce Char.

Tous les Pages des Cheualiers le suiuoient deux à deux (apres celuy de Monsieur le Duc) fort proprement vestus de leurs liurées, auec quantité de plumes; portant les lances de leurs Maistres, et les Escus de leurs Deuises.

Le Duc de Guise, representant Aquilant le Noir, ayant pour Deuise, vn Lion qui dort, auec ces mots.

Et quiescente pauescunt.

Le Comte d'Armagnac, representant Griffon

le Blanc, ayant pour Deuise vne Hermine, auec ces mots.

Ex candore decus.

Le Duc de Foix, representant Renaud, ayant pour deuise vn Vaisseau dans la Mer, auec ces mots.

Longe leuis aura feret.

Le Duc de Coaslin, representant Dudon, ayant pour Deuise vn Soleil, et l'Heliotrope ou Tournesol, auec ces mots.

Splendor ab obsequio.

Le Comte du Lude, representant Astolphe, ayant pour Deuise vn Chiffre en forme de nœud, auec ces mots.

Non fia mai scialto.

Le Prince de Marsillac, representant Brandimart, ayant pour Deuise vne Montre en relief dont on voit tous les ressorts, auec ces mots.

Chieto fuor commoto dentro.

Le Marquis de Villequier, representant Richardet, ayant pour Deuise vn Aigle qui plane deuant le Soleil, auec ces mots.

Vni militat Astro.

Le Marquis de Soyecourt, representant Oliuier, ayant pour Deuise la Massuë d'Hercule, auec ces mots.

Vix æquat fama labores.

Le Marquis d'Humieres, representant Ariodant, ayant pour Deuise toutes sortes de Couronnes, auec ces mots.

No quiero Menos.

Le Marquis de la Valliere, representant Zerbin, ayant pour Deuise vn Phœnix sur vn bucher allumé par le Soleil, auec ces mots.

Hoc juuat vri.

Monsieur le Dvc, representant Roland, ayant pour Deuise vn Dard entortillé de Lauriers, auec ces mots.

Certo ferit.

VIngt Pasteurs chargez des diuers pieces de la Barriere, qui deuoit estre dressée pour la Course de Bague, formoient la derniere Troupe qui entra dans la Lice: Ils portoient des vestes couleur de feu enrichie d'argent, et des coiffures de mesme.

Aussi-tost que ces Troupes furent entrées dans le Camp, elles en firent le tour, et apres auoir salüé les Reynes, elles se separerent, et prirent chacune leur poste: Les Pages à la teste, les Trompettes et les Tymballiers se croisants, s'allerent poster sur les aisles: Le Roy s'aduançant au milieu, prit sa place vis à vis du haut Dais: Monsieur le Duc proche de sa Majesté: Les Ducs de S. Aignan et de Noailles à droit et à gauche: Les dix Cheualiers en haye aux deux costez du Char: Leurs Pages au mesme Ordre derriere eux: Les Signes et les Heures comme ils estoient entrez.

Lors qu'on eut fait alte en cét estat, vn profond silence causé tout ensemble par l'attention et par le respect, donna le moyen à Mad[lle] de Brie, qui representoit le Siecle d'Airain, de commencer ces vers à la loüange de la Reyne, adressez à Apollon.

LE SIECLE D'AIRAIN à Apollon.

BRillant Pere du jour, Toy de qui la puissance
Par ses diuers aspects nous donna la naissance;
Toy l'espoir de la Terre, et l'ornement des Cieux;

Toy le plus necessaire et le plus beau des Dieux;
Toy dont l'actiuité, dont la bonté suprême
Se fait voir et sentir en tous lieux par soy-mesme:
Dis nous par quel destin, ou par quel nouueau choix
Tu celebre tes Ieux aux riuages François.

APOLLON.

Si ces lieux fortunez ont tout ce qu'eût la Grece
De gloire, de valeur, de merite et d'adresse;
Ce n'est pas sans raison qu'on y voit tranferez
Ces Ieux, qu'à mon honneur la terre a consacrez:
I'ay toûjours pris plaisir à verser sur la France
De mes plus doux Rayons la benigne influence:
Mais le charmant objet qu'Hymen y fait regner,
Pour elle maintenant me fait tout desdaigner.
Depuis vn si long-temps que pour le bien du monde
Ie fais l'immense tour de la terre et de l'onde,
Iamais je n'ay rien veu si digne de mes feux,
Iamais vn sang si noble, vn cœur si genereux,
Iamais tant de lumiere auec tant d'innocence;
Iamais tant de jeunesse auec tant de prudence;
Iamais tant de grandeur auec tant de bonté;
Iamais tant de sagesse auec tant de beauté.
Mille Climats diuers qu'on vit sous la puissance
De tous les demi-Dieux dont elle prit naissance.
Cedant à son merite autant qu'à leur deuoir,
Se trouueront vn jour vnis sous son pouuoir.
Ce qu'eurent de grandeurs et la France et l'Espagne,
Les droicts de Charles-Quint, les droicts de Charle-Magne,
En elle auec leur sang heureusement transmis,
Rendront tout l'Vniuers à son Trosne soûmis:
Mais vn Titre plus grand, vn plus noble partage
Qui l'esleue plus haut, qui luy plaist d'auantage;
Vn Nom qui tient en soy les plus grands noms vnis,
C'est le Nom glorieux d'Epouse de LOVIS.

LE SIECLE D'ARGENT.

Quel destin fait briller auec tant d'injustice
Dans le siecle de fer vn Astre si propice?

LE SIECLE D'OR.

Ah! ne murmure point contre l'ordre des Dieux,
Loin de s'en orgueillir d'vn don si precieux,
Ce siecle qui du Ciel a merité la haine
En deuroit augurer sa ruine prochaine,
Et voir qu'vne vertu qu'il ne peut suborner,
Vient moins pour l'anoblir que pour l'exterminer.
Si tost qu'elle paroist dans cette heureuse terre,
Voy comme elle en bannit les fureurs de la guerre:
Comment depuis ce jour d'infatigables mains
Trauaillent sans relâche au bon-heur des humains;
Par quels secrets ressorts vn Heros se prepare
A chasser les horreurs d'vn siecle si barbare,
Et me faire reuivre auec tous les plaisirs,
Qui peuuent contenter les innocens desirs.

LE SIECLE DE FER.

Ie sçais quels ennemis ont entrepris ma perte,
Leurs desseins sont connus, leur trasme est descouuerte;
Mais mon cœur n'en est pas à tel point abatu...

APOLLON.

Contre tant de grandeur, contre tant de vertu,
Tous les monstres d'Enfer vnis pour ta deffense
Ne feroient qu'vne foible et vaine resistance:

L'Vniuers opprimé de ton joug rigoureux,
Va gouster par ta fuite vn destin plus heureux :
Il est temps de ceder à la Loy souueraine
Que t'imposent les vœux de cette auguste Reyne;
Il est temps de ceder aux trauaux glorieux
D'vn Roy fauorisé de la Terre et des Cieux :
Mais icy trop long-temps ce different m'arreste,
A de plus doux combats cette Lice s'apreste,
Allons la faire ouurir, et ployons des Lauriers,
Pour couronner le front de nos fameux Guerriers.

TOus ces Recits acheuez, la Course de Bague commença, en laquelle apres que le Roy eut fait admirer l'addresse et la grace qu'il a en cét exercice, comme en tous les autres, et plusieurs belles Courses, et de tous ces Cheualiers : le Duc de Guise, les Marquis de Soyecourt et de la Valliere demeurerent à la dispute, dont ce dernier emporta le prix, qui fut vne espée d'or enrichie de Diamans, auec des boucles de baudrier de valeur, que donna la Reyne Mere, et dont elle l'honnora de sa main.

La nuit vint cependant à la fin des Courses, par la justesse qu'on auoit eu à les commencer : Et vn nombre infiny de lumieres ayant esclairé tout ce beau lieu; l'on vid entrer dans la mesme place.

Trente-quatre Concertans fort bien vestus, qui deuoient preceder les Saisons; et faisoient le plus agreable concert du monde.

Pendant que les Saisons se chargeoient des mets delicieux qu'elles deuoient porter, pour seruir deuant leurs Majestez la magnifique collation qui estoit preparée : les douze Signes du Zodiaque, et les quatre Saisons danserent dans le rond vne des plus belles entrées de Ballét qu'on eut encore veuë.

Le Printemps parut en suite sur vn cheual d'Espagne, representé par Mad[lle] du Parc; qui auec le sexe et les auantages d'vne femme, faisoit voir l'addresse d'vn homme : Son habit estoit vert en broderie d'argent, et de fleurs au naturel.

L'Esté le suiuoit, representé par le Sieur du Parc, sur vn Elephant, couuert d'vne riche housse.

L'Automne aussi aduantageusement vestüe, representée par le Sieur de la Thorilliere, venoit apres monté sur vn Chameau.

L'Hyuer suiuoit sur vn Ours, representé par le Sieur Bejar.

Leur suite estoit composée de quarante-huit personnes, qui portoient toutes sur leurs testes de grands bassins pour la collation.

Les douze premiers couuerts de fleurs, portoient, comme des Iardiniers, des Corbeilles peintes de vert et d'argent, garnies d'vn grand nombre de porcelaines, si remplies de confitures et d'autres choses delicieuses de la Saison, qu'ils estoient courbez sous cét agreable faix.

Douze autres, comme Moissonneurs, vestus d'habits conformes à cette profession, mais fort riches, portoient des bassins de cette couleur incarnate, qu'on remarque au Soleil Leuant, et suiuoient l'Esté.

Douze vestus en Vandangeurs, estoient couuerts de feuilles de vignes et de grappes de raisins; et portoient dans des paniers feuille-morte, remplis de petits bassins de cette mesme couleur, diuers autres fruits et confitures à la suite de l'Automne.

Les douzes derniers, estoient des Vieillards gelez, dont les fourrures et la desmarche marquoient la froideur et la foiblesse, portant dans des bassins couuerts d'vne glace et d'vne neige si bien contrefaites, qu'on les eust pris pour la chose mesme, ce qu'ils deuoient contribuer à la Collation, et suiuoient l'Hyuer.

Quatorze Concertans de Pan et de Diane precedoient ces deux Diuinitez, auec vne agreable Harmonie de Flutes et de Musettes.

Elles venoient en suite sur une Machine fort ingenieuse en forme d'vne petite Montagne ou Roche ombragée de plusieurs arbres; mais ce qui estoit plus surprenant, c'est qu'on la voyoit portée en l'air, sans que l'artifice qui la faisoit mouuoir se peust descouurir à la veuë.

Vingt autres personnes les suiuoient, portant des viandes de la Mesnagerie de Pan, et de la Chasse de Diane.

Dix-huit Pages du Roy fort richement vestus, qui deuoient seruir les Dames à Table, faisoient les derniers de cette Troupe; laquelle estant rangée, Pan, Diane et les Saisons se presentant deuant la Reyne; le Printemps luy adressa le premier ces Vers.

LE PRINTEMPS.

A LA REYNE.

ENtre toutes les fleurs nouuellement écloses,
Dont mes Iardins sont embellis,
Méprisant les jasmins, les œillets et les roses,
Pour payer mon tribut j'ay fait choix de ces lys,
Que de vos premiers ans vous auez tant cheris ;
LOVIS les fait briller du couchant à l'aurore,
Tout l'Vnivers charmé les respecte et les craint ;
Mais leur regne est plus doux et plus puissant encore,
Quand ils brillent sur vostre teint.

L'ESTE'.

Surpris vn peu trop promptement,
I'apporte à cette Feste vn leger ornement ;
Mais auant que ma saison passe,
Ie feray faire à vos Guerriers,
Dans les campagnes de la Trace,
Vne ample moisson de Lauriers.

L'AVTOMNE.

Le Printemps orgueilleux de la beauté des fleurs
Qui luy tomberent en partage,
Pretend de cette Feste auoir tout l'auantage,
Et nous croit obscurcir pas ses viues couleurs :
Mais vous vous souuiendrez, Princesse sans seconde,
De ce fruit précieux qu'a produit ma saison,
Et qui croist dans vostre maison,
Pour faire quelque jour les delices du Monde.

L'Hyver.

La neige, les glaçons que j'apporte en ces lieux,
Sont des mets les moins precieux,
Mais ils sont des plus necessaires,
Dans vne Feste où mille objets charmans,
De leurs œillades meurtrieres,
Font naistre tant d'embrazemens.

Diane.

A LA REYNE.

Nos bois, nos rochers, nos montagnes,
Tous nos chasseurs, et mes compagnes
Qui m'ont toûjours rendu des honneurs souuerains;
Depuis que parmy nous ils vous ont veu paroistre,
Ne veulent plus me reconnoistre,
Et chargez de presens, viennent auec moy
Vous porter ce tribut pour marque de leur foy.
Les habitans legers de cét heureux boccage,
De tomber dans vos rets font leur sort le plus doux,
Et n'estiment rien dauantage,
Que l'heur de perir de vos coups :
Amour dont vous auez la grace et le visage,
A le mesme secret que vous.

Pan.

Ieune Diuinité, ne vous estonnez pas,
Lorsque nous vous offrons en ce fameux repas
L'eslite de nos bergeries :

Si nos troupeaux goustent en paix
Les herbages de nos prairies,
Nous deuons ce bon-heur à vos diuins attraits.

CEs Recits acheuez, vne grande Table en forme de Croissant, rond d'vn costé, où l'on deuoit couurir, et garnir de fleurs celuy où elle estoit creuze, vint à se descouurir.

Trente-six Violons tres bien vestus, parurent derriere sur vn petit Theatre : pendant que Messieurs de la Marche, et Parfait Pere, Frere, et Fils Controlleurs Generaux, sous les noms de l'Abondance, de la Ioye, de la Propreté, et de la Bonne-Chere ; l'a firent couurir par les Plaisirs, par les Ieux, par les Ris et par les Delices.

Leurs Majestez s'y mirent en cét ordre, qui preuint tous les embarras, qui eusent pû naistre pour les rangs.

La Reyne Mere estoit assise au milieu de la Table ; et auoit à sa main droite.

LE ROY.

Mademoiselle d'Alençon.
Madame la Princesse.
Mademoiselle d'Elbeuf.
Madame de Bethune.
Madame la Duchesse de Crequy.

MONSIEVR.

Madame la Duchesse de S. Aignan.
Madame la Mareschalle du Plessis.
Madame la Mareschalle d'Estampes.
Madame de Gourdon.

Madame de Montespan.
Madame d'Humieres.
Mademoiselle de Brancas.
Madame d'Armagnac.
Madame la Comtesse de Soissons.
Madame la Princesse de Badc.
Mademoiselle de Grançay.

DE L'AVTRE COSTE', ESTOIENT ASSIES,

LA REYNE.

Madame de Carignan.
Madame de Flaix.
Madame la Duchesse de Foix.
Madame de Brancas.
Madame de Froulay.
Madame la Duchesse de Nauailles.
Mademoiselle d'Ardennes.
Mademoiselle de Cologon,
Madame de Crussol.
Madame de Montauzier.

MADAME.

Madame la Princesse Benedicte.
Madame la Duchesse.
Madame de Rouuroy.
Mademoiselle de la Mothe.
Madame de Marsé.
Mademoiselle de la Valliere.
Mademoiselle d'Artigny.
Mademoiselle du Bellay.
Mademoiselle de Dampierre.
Mademoiselle de Fiennes.

La somptuosité de cette Collation passoit tout ce qu'on en pourroit escrire, tant par l'abondance, que par la delicatesse des choses qui y ſurent seruies : Elle faisoit aussi le plus bel objet qui puisse tomber sous les sens : puis que dans la nuit aupres de la verdeur de ces hautes palissades, vn nombre infiny de Chandeliers peints de vert et d'argent, portant chacun vingt-quatre bougies, et deux cent flambeaux de cire blanche, tenus par autant de personnes vestus en Masques, rendoient vne clarté, presque aussi grande et plus agreable que celle du jour. Tous les cheualiers auec leurs Casques couuerts de plumes de differentes couleurs, et leurs habits de la Course estoient appuyez sur la Barriere; et ce grand nombre d'Officiers richement vestus, qui seruoient, en augmentoient encore la beauté, et rendoient ce rond vne chose enchantée, duquel apres la Collation, leurs Majestez et toute la Cour, sortirent par le Portique opposé à la Barriere; et dans vn grand nombre de Galesches fort adjustées, reprirent le chemin du Chasteau.

Fin de la premiere Iournée.

SECONDE IOURNEE.

DES PLAISIRS DE L'ISLE ENCHANTE'E.

LORS que la nuit du second jour fut venuë, Leurs Majestez se rendirent dans vn autre rond enuironné de palissades comme le premier, et sur la mesme ligne, s'auançant toûjours vers le Lac, où l'on feignoit que le Palais d'Alcine estoit basty.

Le dessein de cette seconde Feste, estoit que Roger et les Cheualiers de sa Quadrille, apres auoir fait des merueilles aux Courses, que par l'ordre de la bélle Magicienne ils auoient fait en faueur de la Reyne, continüoient en ce mesme dessein pour le diuertissement suiuant; et que l'Isle flotante n'ayant point esloigné le riuage de la France, ils donnoient à sa Majesté le plaisir d'vne Comedie, dont la Scene estoit en Elide.

3.

Le Roy fit donc couurir de toilles, en si peu de temps qu'on auoit lieu de s'en estonner, tout ce rond d'vne espece de Dome pour deffendre contre le vent le grand nombre de Flambeaux et de Bougies qui deuoient esclairer le Theatre, dont la decoration estoit fort agreable. Aussi-tost qu'on eut tiré la toille, vn grand Concert de plusieurs Instrumens se fit entendre : Et l'Aurore representée par Mademoiselle Hilaire, ouurit la Scene, et chanta ce Recit.

PREMIER INTERMEDE.

Scene Premiere.

Recit de l'Avrore.

QVand l'Amour à vos yeux offre vn choix agreable,
Ieunes beautez laissez vous enflamer :
Mocquez-vous d'affecter cet orgueil indomptable,
Dont on vous dit qu'il est beau de s'armer ;
Dans l'âge où l'on est aymable,
Rien n'est si beau que d'aymer.

Soûpirez librement pour vn amant fidelle,
Et brauez ceux qui voudroient vous blasmer ;
Vn cœur tendre est aymable, et le nom de cruelle
N'est pas vn nom à se faire estimer :
Dans le temps où l'on est belle,
Rien n'est si beau que d'aymer.

SCENE DEVXIESME.

Valets de Chiens, et Musiciens.

PEndant que l'Aurore chantoit ce Recit, quatre Valets de Chiens estoient couchez sur l'Herbe, dont l'vn (sous la figure de Liciscas) representé par le Sieur de Moliere, excellent Acteur, de l'inuention duquel estoient les Vers et toute la Piece) se trouuoit au milieu de deux, et vn autre à ses pieds : Qui estoient les Sieurs Estiual, Don, et Blondel de la Musique du Roy, dont les voix estoient admirables.

Ceux-cy en se resueillant à l'arriuée de l'Aurore, si-tost qu'elle eut chanté, s'escrierent en Concert.

Hola? hola? debout, debout, debout :
Pour la Chasse ordonnée il faut preparer tout.
Hola? ho debout, viste debout.

Ier.

Iusqu'aux plus sombres lieux le jour se communique.

IIme.

L'air sur les fleurs en perles se resout.

IIIme.

Les Rossignols commencent leur Musique,
Et leurs petits concerts retentissent par tout.

TOVS ENSEMBLE.

Sus, sus debout, viste debout.

Qu'est-cecy, Liciscas, quoy? tu ronfles encore, *Parlant à Liciscas qui dormoit.*
Toy qui promettois tant de deuancer l'Aurore?
Allons debout, viste debout,
Pour la Chasse ordonnée il faut preparer tout,
Debout, viste debout, despeschons, debout.

LYCISCAS *en s'esueillant.*

Par la morbleu vous estes de grands braillars, vous autres, et vous auez la gueule ouverte de bon matin?

MVSICIENS.

Ne vois-tu pas le jour qui se respand par tout?
Allons debout, Lyciscas debout.

LYCISCAS.

Hé! laissez-moy dormir encor vn peu je vous conjure?

MVSICIENS.

Non, non, debout, Lyciscas debout.

LYCISCAS.

Ie ne vous demande plus qu'vn petit quart d'heure!

MVSICIENS.

Point, point, debout, viste debout.

LYCISCAS.

Hé! je vous prie?

MVSICIENS.

Debout.

LYCISCAS.

Vn moment.

MVSICIENS.

Debout.

LYCISCAS.

De grace.

MVSICIENS.

Debout.

LYCISCAS.

Eh.

MVSICIENS.

Debout.

LYCISCAS.

Ie...

MVSICIENS.

Debout.

LYCISCAS.

I'auray fait incontinent.

MVSICIENS.

Non, non, debout, Lyciscas debout :
Pour la Chasse ordonnée il faut preparer tout;
Viste debout, despeschons, debout.

LYCISCAS.

Et bien laissez-moy, je vais me leuer : Vous estes d'estranges gens de me tourmenter comme cela : Vous serez cause que je ne me porteray pas bien de toute la journée; car, voyez-vous, le sommeil est necessaire à l'homme, et lors qu'on ne dort pas sa refection, il arriue... que... on est....

Ier.

Lyciscas.

IIme.

Lyciscas.

IIIme.

Lyciscas.

TOVS ENSEMBLE.

Lyciscas.

LYCISCAS.

Diable soit les brailleurs, je voudrois que vous eussiez la gueulle pleine de bouillie bien chaude.

MVSICIENS.

Debout, debout, viste debout, depeschons debout.

LYCISCAS.

Ah! quelle fatigue de ne pas dormir son sou.

Ier.

Hola? oh.

IIme.

Hola? oh.

IIIme.

Hola? oh.

TOVS ENSEMBLE.

Oh! oh! oh! oh! oh!

LYCISCAS.

Oh! oh! oh! oh. La peste soit des gens auec leurs chiens de hurlemens, je me donne au Diable si je ne vous assomme : Mais voyez vn peu quel diable d'entousiasme il leur prend, de me venir chanter aux oreilles comme cela, je....

MVSICIENS.

Debout.

LYCISCAS.

Encore.

MVSICIENS.

Debout.

LYCISCAS.

Le Diable vous emporte.

MVSICIENS.

Debout.

LYCISCAS *en se levant.*

Quoy toûjours? a-t'on jamais veu vne pareille furie de chanter? par lé sang-bleu j'enrage, puis que me voila esueillé il faut que j'éueille les autres, et que je les tourmente comme on m'a fait. Allons ho? Messieurs, Debout, debout, viste c'est trop dormir. Ie vais faire vn bruit de Diable par tout, debout, debout, debout; Allons viste, ho, ho, ho? Debout, debout pour la Chasse ordonnée il faut preparer tout, debout, debout, Lyciscas debout? ho! ho! ho! ho! ho.

Lyciscas s'estant leué auec toutes les peines du monde, et s'estant mis à crier de toute sa force, plusieurs Cors et Trompes de Chasse se firent entendre, et concertées auec les Violons commencerent l'air d'vne entrée, sur laquelle six Valets de Chiens danserent auec beaucoup de justesse et de disposition; reprenant à certaines cadances le son de leurs Cors et Trompes : C'estoient les Sieurs Paysan, Chicanneau, Noblet, Pesan, Bonard, et la Pierre.

NOMS DES ACTEVRS
de la Comedie.

LA PRINCESSE D'ELIDE.
Mademoiselle de Moliere.

AGLANTE, Cousine de la Princesse.
Mademoiselle du Parc.

CINTHIE, Cousine de la Princesse.
Mademoiselle de Brie.

PHILIS, Suiuante de la Princesse.
Mademoiselle Bejart.

IPHITAS, Pere de la Princesse.
Le Sieur Hubert.

EVRIALE, ou le Prince d'Ithaque.
Le Sieur de la Grange.

ARISTOMENE, ou le Prince de Messene.
Le Sieur du Croisy.

THEOCLE, ou le Prince de Pyle.
Le Sieur Bejart.

ARBATE, Gouuerneur du Prince d'Ithaque.
Le Sieur de la Torilliere.

MORON, plaisant de la Princesse.
Le Sieur de Moliere.

Vn suiuant.
Le Sieur Preuost.

ACTE PREMIER.

ARGVMENT.

Cette Chasse qui se preparoit ainsi, estoit celle d'vn Prince d'Elide, lequel estant d'humeur galante et magnifique, et souhaitant que la Princesse sa Fille se resolust à aymer et à penser au mariage, qui estoit fort contre son inclination, auoit fait venir en sa Cour les Princes d'Ithaque, de Messene et de Pyle; afin que dans l'exercice de la Chasse qu'elle aymoit fort, et dans d'autres Ieux, comme des Courses de Chars et semblables magnificences, quelqu'vn de ces Princes peust luy plaire, et deuenir son Epoux.

SCENE PREMIERE.

Evriale Prince d'Ithaque amoureux de la Princesse d'Elide, et Arbate son Gouuerneur, lequel indulgent à la passion du Prince, le loüa de son amour au lieu de l'en blasmer, en des termes fort galands.

EVRIALE. ARBATE.

ARBATE.

Ce silence resueur dont la sombre habitude
Vous fait à tous momens chercher la solitude,
Ces longs soûpirs que laisse eschapper vostre cœur,

Et ces fixes regards si chargez de langueur,
Disent beaucoup sans doute à des gens de mon âge;
Et je pense, Seigneur, entendre ce langage:
Mais sans vostre congé de peur de trop risquer,
Ie n'ose m'enhardir jusques à l'expliquer.

EVRIALE.

Explique, explique Arbate, auec toute licence
Ces soûpirs, ces regards, et ce morne silence:
Ie te permets icy de dire que l'Amour
M'a rangé sous ses loix, et me braue à son tour:
Et je consens encor que tu me fasse honte,
Des foiblesses d'vn cœur qui souffre qu'on le dompte.

ARBATE.

Moy vous blasmer, Seigneur, des tendres mouuemens
Où je voy qu'aujourd'huy panchent vos sentimens;
Le chagrin des vieux jours ne peut aigrir mon ame
Contre les doux transports de l'amoureuse flame,
Et bien que mon sort touche à ses derniers Soleils,
Ie diray que l'Amour sied bien à vos pareils:
Que ce tribut qu'on rend aux traits d'vn beau visage,
De la beauté d'vne ame est vn clair tesmoignage,
Et qu'il est mal-aisé que sans estre amoureux
Vn jeune Prince soit et grand et genereux:
C'est vne qualité que j'ayme en vn Monarque,
La tendresse du cœur est vne grande marque,
Et je croy que d'vn Prince on peut tout presumer
Dés qu'on voit que son ame est capable d'aymer.
Oüy cette passion de toutes la plus belle
Traisne dans vn esprit cent vertus aprés elle,
Aux nobles actions elle pousse les cœurs,
Et tous les grands Heros ont senty ses ardeurs;

Deuant mes yeux, Seigneur, a passé vostre enfance,
Et j'ay de vos vertus veu fleurir l'esperance;
Mes regards obseruoient en vous des qualitez
Où je reconnoissois le sang dont vous sortez;
I'y descouurois vn fonds d'esprit et de lumiere,
Ie vous trouuois bien fait, l'air grand, et l'ame fiere;
Vostre cœur, vostre adresse esclatoient chaque jour
Mais je m'inquietois de ne voir point d'amour,
Et puisque les langueurs d'vne playe inuincible
Nous montrent que vostre ame à ses traits est sensible,
Ie triomphe, et mon cœur d'allegresse remply
Vous regarde à present comme vn Prince accomply.

EVRIALE.

Si de l'Amour vn temps j'ay braué la puissance,
Helas! mon cher Arbate, il en prend bien vengeance!
Et sçachant dans quels maux mon cœur s'est abismé,
Toy-mesme, tu voudrois qu'il n'eust jamais aymé:
Car enfin voy le sort où mon Astre me guide,
I'ayme, j'ayme ardamment la Princesse d'Elide,
Et tu sçais quel orgueil sous des traits si charmans
Arme contre l'Amour ses jeunes sentimens;
Et comment elle fuit en cette illustre Feste,
Cette foule d'amans qui briguent sa conqueste.
Ah! qu'il est bien peu vray que ce qu'on doit aymer
Aussi-tost qu'on le voit prend droit de nous charmer.
Et qu'vn premier coup d'œil allume en nous les flames
Où le Ciel en naissant à destiné nos ames.
A mon retour d'Argos je passay dans ces lieux,
Et ce passage offrit la Princesse à mes yeux;
Ie vis tous les appas dont elle est reuestuë,
Mais de l'œil dont on voit vne belle Statuë:

Leur brillante jeunesse obseruée à loisir
Ne porta dans mon ame aucun secret desir,
Et d'Ithaque en repos je reuis le riuage,
Sans m'en estre en deux ans r'apellé nulle Image :
Vn bruit vient cependant à respandre à ma Cour
Le celebre mespris qu'elle fait de l'Amour;
On publie en tous lieux que son ame hautaine
Garde pour l'Hymenée vne invincible haine,
Et qu'vn Arc à la main, sur l'espaule vn Carquois,
Comme vne autre Diane elle hante les bois,
N'ayme rien que la Chasse, et de toute la Grece
Fait soûpirer en vain l'heroïque jeunesse.
Admire nos esprits, et la fatalité,
Ce que n'auoit point fait sa veuë et sa beauté,
Le bruit de ses fiertez en mon ame fit naistre
Vn transport inconnu, dont je ne fus point maistre;
Ce dedain si fameux eut des charmes secrets
A me faire auec soin rapeller tous ses traits,
Et mon esprit jettant de nouueaux yeux sur elle
M'en refit vne image et si noble, et si belle;
Me peignit tant de gloire, et de telles douceurs
A pouuoir triompher de toutes ses froideurs,
Que mon cœur aux brillans d'vne telle victoire
Vit de sa liberté s'éuanoüir la gloire;
Contre vne telle amorce il eut beau s'indigner,
Sa douceur sur mes sens prit tel droit de regner,
Qu'entraisné par l'effort d'vne occulte puissance
I'ay d'Ithaque en ces lieux fait voile en diligence,
Et je couure vn effet de mes vœux enflammez
Du desir de paroistre à ces Ieux renommez,
Où l'Illustre Iphitas, Pere de la Princesse,
Assemble la pluspart des Princes de la Grece.

ARBATE.

Mais à quoy bon, Seigneur, les soins que vous prenez?
Et pourquoy ce secret où vous vous obstinez?
Vous aymez, dites-vous, cette illustre Princesse,
Et venez à ses yeux signaler vostre adresse,
Et nuls empressemens, paroles, ny soûpirs
Ne l'ont instruite encor de vos brûlans desirs.
Pour moy je n'entens rien à cette politique
Qui ne veut point souffrir que vostre cœur s'explique,
Et je ne sçay quel fruit peut pretendre vn amour
Qui fuit tous les moyens de se produire au jour.

EVRIALE.

Et que feray-je, Arbate, en declarant ma peine,
Qu'attirer les dédains de cette ame hautaine?
Et me jetter au rang de ces Princes soûmis
Que le titre d'amans luy peint en ennemis?
Tu vois les Souuerains de Messene et de Pyle
Luy faire de leurs cœurs vn hommage inutile,
Et de l'esclat pompeux des plus hautes vertus
En appuyer en vain les respects assidus:
Ce rebut de leurs soins, sous vn triste silence,
Retient de mon amour toute la violence;
Ie me tiens condamné dans ces Riuaux fameux,
Et je lis mon arrest au mespris qu'on fait d'eux.

ARBATE.

Et c'est dans ce mespris, et dans cette humeur fiere
Que vostre ame à ses vœux doit voir plus de lumiere,
Puisque le sort vous donne à conquerir vn cœur
Que deffend seulement vne jeune froideur,
Et qui n'impose point à l'ardeur qui vous presse
De quelque attachement l'inuincible tendresse:

Vn cœur preocupé resiste puissamment;
Mais quand vne ame est libre, on la force aysément,
Et toute la fierté de son indifferance
N'a rien dont ne triomphe vn peu de patience.
Ne luy cachez donc plus le pouuoir de ses yeux,
Faites de vostre flâme vn éclat glorieux,
Et bien loin de trembler de l'exemple des autres,
Du rebut de leurs vœux enflez l'espoir des vostres:
Peut estre pour toucher ses seueres appas,
Aurez-vous des secrets que ces Princes n'ont pas;
Et si de ses fiertez l'imperieux caprice
Ne vous fait éprouuer vn destin plus propice,
Au moins est-ce vn bon-heur en ces extrémitez
Que de voir auec soy ses Riuaux rebutez.

EVRIALE.

I'ayme à te voir presser cét aueu de ma flâme,
Combattant mes raisons tu chatouilles mon ame,
Et par ce que j'ay dit je voulois presentir
Si de ce que j'ay fait tu pourrois m'applaudir:
Car, enfin, puis qu'il faut t'en faire confidence,
On doit à la Princesse expliquer mon silence.
Et peut-estre au moment que je t'en parle icy
Le secret de mon cœur, Arbate, est esclaircy.
Cette Chasse où, pour fuïr la foule qui l'adore,
Tu sçais qu'elle est allée au leuer de l'Aurore,
Est le temps que Moron pour declarer mon feu
A pris.

ARBATE.

Moron, Seigneur?

EVRIALE.

Ce choix t'estonne vn peu;

Par son titre de fou tu crois le bien connoistre,
Mais sçache qu'il l'est moins qu'il ne le veut paroistre,
Et que malgré l'employ qu'il exerce aujourd'huy
Il a plus de bon sens que tel qui rit de luy :
La Princesse se plaist à ses bouffonneries,
Il s'en est fait aymer par cent plaisanteries,
Et peut dans cét accez dire et persuader
Ce que d'autres que luy n'oseroient hazarder ;
Ie le voy propre, enfin, à ce que j'en souhaite,
Il a pour moy, dit-il, vne amitié parfaite,
Et veut, (dans mes Estats ayant receu le jour),
Contre tous mes Riuaux appuyer mon amour :
Quelque argent mis en main pour soustenir ce zele...

SCENE DEVXIESME.

MOron representé par le Sieur de Moliere, arriue, et ayant le souuenir d'vn furieux Sanglier, deuant lequel il auoit fuy à la Chasse, demande secours, et rencontrant Euriale et Arbate, se met au milieu d'eux pour plus de seureté, apres leur auoir tesmoigné sa peur et leur disant cent choses plaisantes sur son peu de brauoure.

MORON. ARBATE. EVRIALE.

MORON *sans estre veu.*

AV secours ! sauuez-moy de la beste cruelle !

EVRIALE.

Ie pense ouïr sa voix ?

MORON *sans estre veu.*

A moy de grace, à moy?

EVRIALE.

C'est luy-mesme, où court-il auec vn tel effroy?

MORON.

Où pourray-je éuiter ce Sanglier redoutable?
Grands Dieux! preseruez-moy de sa dent effroyable?
Ie vous promets, pourveu qu'il ne m'attrape pas,
Quatre liures d'encens, et deux veaux des plus gras.
Ha! je suis mort?

EVRIALE.

Qu'as-tu?

MORON.

Ie vous croyois la beste
Dont à me diffamer j'ay veu la gueule preste,
Seigneur, et je ne puis reuenir de ma peur.

EVRIALE.

Qu'est-ce?

MORON.

O que la Princesse est d'vne estrange humeur!
Et qu'à suiure la Chasse et ses extrauagances
Il nous faut essuyer de sottes complaisances!
Quel Diable de plaisir trouuent tous les Chasseurs
De se voir exposez à mille et mille peurs,
Encore si c'estoit qu'on ne fut qu'à la Chasse
Des Lieures, des Lapins, et des jeunes Daims, passe;
Ce sont des animaux d'vn naturel fort doux,
Et qui prennent toûjours la fuite deuant nous:
Mais aller attaquer de ces bestes vilaines

Qui n'ont aucun respect pour les faces humaines,
Et qui courent les gens qui les veulent courir,
C'est vn sot passe-temps que je ne puis souffrir.

EVRIALE.

Dy-nous donc ce que c'est?

MORON *en se tournant.*

Le penible exercice
Où de nostre Princesse a volé le caprice!...
I'en aurois bien juré qu'elle auroit fait le tour,
Et la Course des Chars se faisant en ce jour,
Il falloit affecter ce contre-temps de Chasse
Pour mespriser ces Ieux auec meilleure grace,
Et faire voir... Mais chut, acheuons mon recit,
Et reprenons le fil de ce que j'auois dit.
Qu'ay-je dit?

EVRIALE.

Tu parlois d'exercice penible.

MORON.

Ah! oüy, succombant donc à ce trauail horrible,
Car en Chasseur fameux j'estois enharnaché,
Et dés le point du jour je m'estois découché:
Ie me suis écarté de tous en galand homme
Et trouuant vn lieu propre à dormir d'vn bon sómme
I'essayois ma posture, et m'ajustant bien-tost,
Prenois deja mon ton pour ronfler comme il faut·
Lors qu'vn murmure affreux m'a fait leuer la veuë,
Et j'ay d'vn vieux buisson de la forest touffuë
Veu sortir vn Sanglier d'vne énorme grandeur
Pour...

EVRIALE.

Qu'est-ce?

MORON.

Ce n'est rien, n'ayez point de frayeur,
Mais laissez-moy passer entre vous deux pour cause,
Ie seray mieux en main pour vous conter la chose:
I'ay donc veu ce Sanglier, qui par nos gens chassé
Auoit d'vn air affreux tout son poil herissé,
Ses deux yeux flamboyans ne lançoient que menace,
Et sa gueule faisoit vne laide grimace,
Qui parmy de l'écume à qui l'osoit presser
Montroit de certains cros... je vous laisse à penser?
A ce terrible aspect j'ay ramassé mes armes;
Mais le faux animal sans en prendre d'allarmes
Est venu droit à moy, qui ne luy disois mot.

ARBATE.

Et tu l'as de pié ferme attendu?

MORON.

Quelque sot;
I'ay jetté tout par terre, et couru comme quatre.

ARBATE.

Fuïr deuant vn Sanglier ayant de quoy l'abatre,
Ce trait, Moron, n'est pas genereux...

MORON.

I'y consens,
Il n'est pas genereux, mais il est de bon sens.

ARBATE.

Mais par quelques exploits si l'on ne s'éternise...

MORON.

Ie suis vostre valet, et j'ayme mieux qu'on dise,
C'est icy qu'en fuyant sans se faire prier
Moron sauua ses jours des fureurs d'vn Sanglier,
Que si l'on y disoit, voila l'illustre place
Où le braue Moron, d'vne heroïque audace,
Affrontant d'vn Sanglier l'impetueux effort,
Par vn coup de ses dents vit terminer son sort.

EVRIALE.

Fort bien...

MORON.

Oüy, j'ayme mieux, n'en déplaise à la gloire,
Viure au monde deux jours que mille ans dans l'histoire.

EVRIALE.

En effet ton trépas fascheroit tes amis;
Mais si de ta frayeur ton esprit est remis
Puis-je te demander si du feu qui me brule...

MORON.

Il ne faut point, Seigneur, que je vous dissimule,
Ie n'ay rien fait encor, et n'ay point rencontré
De temps pour luy parler qui fust selon mon gré:
L'office de bouffon a des prerogatiues;
Mais souuent on rabat nos libres tentatiues:
Le discours de vos feux est vn peu delicat,
Et c'est chez la Princesse vne affaire d'estat;
Vous sçauez de quel titre elle se glorifie,
Et qu'elle a dans la teste vne Philosophie
Qui declare la guerre au conjugal lien,
Et vous traitte l'Amour de deïté de rien:
Pour n'effaroucher point son humeur de tygresse

Il me faut manier la chose auec adresse;
Car on doit regarder comme l'on parle aux grans,
Et vous estes par fois d'assez fascheuses gens.
Laissez-moy doucement conduire cette trame,
Ie me sens-là pour vous vn zele tout de flame,
Vous estes né mon Prince, et quelques autres nœuds
Pourroient contribüer au bien que je vous veux :
Ma mere dans son temps passoit pour assez belle,
Et naturellement n'estoit pas fort cruelle;
Feu vostre Pere alors, ce Prince genereux,
Sur la galanterie estoit fort dangereux,
Et je sçay qu'Elpenor, qu'on appelloit mon Pere,
A cause qu'il estoit le mary de ma Mere,
Contoit pour grand honneur aux Pasteurs d'aujourd'huy
Que le Prince autrefois estoit venu chez luy,
Et que durant ce temps il auoit l'auantage
De se voir salüé de tous ceux du village :
Baste, quoy qu'il en soit, je veux par mes trauaux :
Mais voicy la Princesse et deux de vos Riuaux.

Scene Troisiesme.

La Princesse d'Elide parut en suite, auec les Princes de Messene et de Pyle, lesquels firent remarquer en eux des caracteres bien differens de celuy du Prince d'Ithaque; et luy cederent dans le cœur de la Princesse tous les auantages qu'il y pouuoit desirer : Cette aymable Princesse ne tesmoigna pas pourtant que le merite de ce Prince eust fait aucune impression sur son esprit, et qu'elle l'eust quasi remarqué; elle tesmoigna toûjours, comme vne autre Diane, n'aymer que la Chasse et les Forests, et lors que le Prince de Messene voulu luy faire valoir le seruice qu'il lui auoit rendu, en la desfaisant d'vn fort grand Sanglier qui l'auoit attaquée; elle luy dit que sans rien diminuer de sa reconnoissance, elle trouuoit son secours d'autant moins considerable, qu'elle en auoit tué toute seule d'aussi furieux, et fut peut-estre bien encore venuë à bout de celuy-cy.

LA PRINCESSE et sa suite.

ARISTOMENE. THEOCLE.
EVRIALE. ARBATE. MORON.

ARISTOMENE.

REprochez-vous, Madame, à nos justes alarmes,
Ce peril dont tous deux auons sauué vos charmes,
I'aurois pensé pour moy qu'abattre sous nos coups
Ce Sanglier qui portoit sa fureur jusqu'à vous,
Estoit vne auanture (ignorant vostre Chasse)
Dont à nos bons destins nous deussions rendre grace:
Mais à cette froideur je connois clairement
Que je dois conceuoir vn autre sentiment,
Et quereller du sort la fatalle puissance
Qui me fait auoir part à ce qui vous offence.

THEOCLE.

Pour moy je tiens, Madame, à sensible bon-heur

L'action où pour vous a volé tout mon cœur,
Et ne puis consentir, malgré vostre murmure,
A quereller le sort d'vne telle auanture :
D'vn objet odieux je sçay que tout déplaist;
Mais deut vostre couroux estre plus grand qu'il n'est,
C'est extreme plaisir, quand l'amour est extreme,
De pouuoir d'vn peril affranchir ce qu'on ayme.

LA PRINCESSE.

Et pensez-vous, Seigneur, puis qu'il me faut parler,
Qu'il eut en ce peril dequoy tant m'ébranler?
Que l'Arc, et que le Dard, pour moy si pleins de charmes,
Ne soient entre mes mains que d'inutilles armes?
Et que je fasse, enfin, mes plus frequens emplois
De parcourir nos monts, nos pleines, et nos bois,
Pour n'oser en chassant conceuoir l'esperance
De suffire moy seule à ma propre deffence?
Certes auec le temps j'aurois bien profité
De ces soins assidus dont je fais vanité
S'il falloit que mon bras dans vne telle queste,
Ne pust pas triompher d'vne chetiue beste;
Du moins si pour pretendre à de sensibles coups
Le commun de mon sexe est si mal auec vous,
D'vn étage plus haut accordez-moy la gloire,
Et me faites tous deux cette grace de croire,
Seigneur, que quel que fut le Sanglier d'aujourd'huy,
I'en ay mis bas, sans vous, de plus mechans que luy.

THEOCLE.

Mais, Madame...

LA PRINCESSE.

Et bien soit, je voy que vostre enuie

Est de persuader que je vous dois la vie;
I'y consens, Oüy sans vous c'estoit fait de mes jours,
Ie rends de tout mon cœur grace à ce grand secours,
Et je vais de ce pas au Prince pour luy dire
Les bontez que pour moy vostre amour vous inspire.

SCENE QVATRIESME.

EVRIALE. MORON. ARBATE.

MORON.

HEu! a ton jamais veu de plus farouche esprit?
De ce vilain Sanglier l'heureux trépas l'aigrit:
O comme volontiers j'aurois d'vn beau salaire
Recompensé tantost qui m'en eust sceu deffaire!

ARBATE.

Ie vous vois tout pensif, Seigneur de ses dedains;
Mais ils n'ont rien qui doiue empescher vos desseins,
Son heure doit venir, et c'est à vous possible
Qu'est reserué l'honneur de la rendre sensible.

MORON.

Il faut qu'auant la Course elle apprenne vos feux
Et je...

EVRIALE.

Non, ce n'est plus, Moron, ce que je veux:
Garde toy de rien dire, et me laisse vn peu faire,

I'ay resolu de prendre vn chemin tout contraire;
Ie voy trop que son cœur s'obstine à dedaigner
Tous ces profonds respects qui pensent la gagner,
Et le Dieu qui m'engage à soûpirer pour elle
M'inspire pour la vaincre vne adresse nouuelle :
Oüy, c'est luy d'où me vient ce soudain mouuement,
Et j'en attens de luy l'heureux éuenement.

ARBATE.

Peut-on sçauoir, Seigneur, par où vostre esperance?

EVRIALE.

Tu le vas voir, allons, et garde le silence.

Fin du premier Acte.

DEVXIESME INTERMEDE

ARGVMENT.

L'Agreable Moron laissa aller le Prince pour parler de sa passion naissante aux bois, et aux rochers, et faisant retentir partout le beau nom de sa Bergere Philis, vn Echo ridicule luy respondant bizarement, il y prit si grand plaisir que riant en cent manieres, il fit respondre autant de fois cét Echo, sans tesmoigner d'en estre ennuyé : Mais vn Ours vint interrompre ce beau diuertissement, et le surprit si fort par cette veuë peu attenduë, qu'il donna de sensibles marques de sa peur : Il luy fit faire deuant l'Ours toutes les soûmissions dont il se put auiser pour l'adoucir : Enfin, se jettant à vn arbre pour y monter, comme il vit que l'Ours y vouloit grimper aussi bien que luy ; Il cria au secours d'vne voix si haute, qu'elle attira huit paysans armez de bastons à deux bouts et d'espieux, pendant qu'vn autre Ours parut en suite du premier. Il se fit vn combat qui finit par la mort d'vn des Ours, et par la fuite de l'autre :

Scene Premiere.

MORON.

IVsqu'au reuoir; pour moy je reste icy, et j'ay vne petite conversation à faire auec ces arbres et ces rochers.

Bois, prez, fontaines, fleurs qui voyez mon teint blesme,
Si vous ne le sçauez, je vous aprens que j'ayme;
Philis est l'obiet charmant
Qui tient mon cœur à l'attache,
Et ie deuins son amant
La voyant traire vne Vache.
Ses doigts tout plains de laict, et plus blancs mille fois
Pressoient les bouts du pis d'vne grace admirable;
Ouf! cette idée est capable
De me reduire aux abois.

Ah! Philis, Philis, Philis.

Ah! hem, ah ah ah! hi hi hi hi. oh oh oh oh.

Voilà vn Echo qui est bouffon! hom hom hom, ha ha ha ha.

Vh vh vh. Voilà vn Echo qui est bouffon!

SCENE DEVXIESME.

VN OVRS. MORON.

MORON.

AH! Monsieur l'Ours, je suis vostre seruiteur de tout mon cœur : de grace epargnez-moy. Je vous asseure que je ne vaux rien du tout à manger, je n'ay que la peau et les os, et je voy de certaines gens la bas qui seroient bien mieux vostre affaire. Eh! Eh! Eh! monseigneur, tout doux, s'il vous plaist. La la la la, ah! monseigneur que vostre Altesse est jolie et bien faite; elle a tout à fait l'air galand et la taille la plus mignonne du monde. Ah beau poil! belle teste! beaux yeux brillans et bien fendus! ah beau petit nez! belle petite bouche! petites quenotes jolies! ah belle gorge! belles petites menottes! petits ongles bien faits. A l'aide, au secours, je suis mort, misericorde, pauure Moron, ah mon Dieu! et viste, à moy, je suis perdu! Eh, messieurs, ayez pitié de moy! bon messieurs tuez moy ce vilain animal-là? O Ciel! daigne les assister. Bon le voila qui fuit, le voila qui s'arreste et qui se jette sur eux. Bon en voila vn qui vient de luy donner vn coup dans la gueule. Les voila tous à l'entour de luy. Courage, ferme, allons

Les Chasseurs paroissent.

mes amis. Bon, poussez fort, encore, ah! le voila qui est à terre, c'en est fait il est mort, descendons maintenant pour luy donner cent coups. Seruiteur Messieurs, je vous rends grace de m'auoir déliuré de cette beste, maintenant que vous l'auez tuée je m'en vais l'acheuer, et en triompher auec vous.

Ces heureux chasseurs, n'eurent pas plustost remporté cette victoire, que Moron, deuenu braue par l'éloignement du peril, voulut aller donner mille coups à la beste, qui n'estoit plus en estat de se deffendre, et fit tout ce qu'vn fanfaron, qui n'auroit pas esté trop hardy, eust pû faire en cette occasion; et les chasseurs, pour tesmoigner leur joye, danserent une fort belle Entrée: C'estoient M. Mançeau, les Sieurs Chicanneau, Baltazard, Noblet, Bonard, Magny, et la Pierre.

ACTE DEVXIESME.

ARGVMENT.

LE Prince d'Ithaque et la Princesse eurent une conuersation fort galante sur la Course des Chars qui se preparoit : Elle auoit dit auparauant à vne des Princesses ses Parentes, que l'insensibilité du Prince d'Ithaque luy donnoit de la peine et luy estoit honteuse : qu'encore qu'elle ne voulust rien aymer, il estoit bien fascheux de voir qu'il n'aymoit rien ; et que quoy qu'elle eust resolu de n'aller point voir les Courses, elle s'y vouloit rendre, dans le dessein de tascher à triompher de la liberté d'vn homme qui la cherissoit si fort. Il estoit facile de juger que le merite de ce Prince produisoit son effet ordinaire, que ses belles qualitez auoient touché ce cœur superbe : et commencé à fondre vne partie de cette glace qui auoit resisté jusques alors à toutes les ardeurs de l'Amour, et plus il affectoit, (par le conseil de Moron qu'il auoit gagné, et qui connoissoit fort le cœur de la Princesse,) de paroistre insensible, quoy qu'il ne fut que trop amoureux, plus la Princesse se mettoit dans la teste de l'engager, quoy qu'elle n'eust pas fait le dessein de s'engager elle-mesme. Les Princes de Messene et de Pyle prirent lors congé d'elle pour s'aller preparer aux Courses, et luy par-

lant de l'esperance qu'ils auoient de vaincre, par le desir qu'ils sentoient de luy plaire : Celuy d'Ithaque, luy tesmoigna au contraire, que n'ayant jamais rien aymé, il alloit essayer à vaincre pour sa propre satisfaction, ce qui la picqua encore d'auantage à vouloir soûmettre vn cœur déjà assez soûmis, mais qui sçauoit déguiser ses sentimens le mieux du monde.

SCENE PREMIERE.

LA PRINCESSE. AGLANTE. CINTHIE.

LA PRINCESSE.

OVy i'ayme à demeurer dans ces paisibles lieux,
On n'y descouure rien qui n'enchante les yeux,
Et de tous nos Palais la sçauante structure
Cede aux simples beautez qu'y forme la nature :
Ces Arbres, ces Rochers, cette Eau, ces Gazons frais
Ont pour moy des appas à ne lasser jamais.

AGLANTE.

Ie cheris comme vous ces retraites tranquilles
Où l'on se vient sauuer de l'embarras des Villes :
De mille objets charmans ces lieux sont embellis ;
Et ce qui doit surprendre est qu'aux portes d'Elis
La douce passion de fuir la multitude
Rencontre vne si belle, et vaste solitude :

Mais à vous dire vray dans ces jours esclatans
Vos retraites icy me semblent hors de temps,
Et c'est fort mal-traiter l'appareil magnifique
Que chaque Prince a fait pour la Feste publique:
Ce spectacle pompeux de la Course des Chars
Deuroit bien meriter l'honneur de vos regards.

LA PRINCESSE.

Quel droit ont-ils chacun d'y vouloir ma presence?
Et que dois-je apres tout à leur magnificence?
Ce sont soins que produit l'ardeur de m'acquerir,
Et mon cœur est le prix qu'ils veulent tous courir:
Mais quelque espoir qui flate vn projet de la sorte,
Ie me tromperay fort si pas vn d'eux l'emporte.

CINTHIE.

Iusques à quand ce cœur veut-il s'effaroucher
Des innocens desseins qu'on a de le toucher?
Et regarde les soins que pour vous on se donne,
Comme autant d'attentats contre vostre personne?
Ie sçay qu'en desfendant le party de l'Amour
On s'expose chez vous à faire mal sa cour:
Mais ce que par le sang i'ay l'honneur de vous estre
S'oppose aux duretez que vous faites paroistre,
Et je ne puis nourrir d'vn flateur entretien
Vos resolutions de n'aymer jamais rien.
Est-il rien de plus beau que l'innocente flame
Qu'vn merite esclatant allume dans vn ame?
Et seroit-ce vn bon-heur de respirer le jour,
Si d'entre les mortels on bannissoit l'Amour?
Non, non tous les plaisirs se goustent à le suiure,
Et viure sans aymer n'est pas proprement viure.

ADVIS.

LE dessein de l'Autheur estoit de traiter ainsi toute la Comedie; mais vn commandement du Roy qui pressa cette affaire, l'obligea d'acheuer tout le reste en Prose, et de passer legerement sur plusieurs Scenes, qu'il auroit estenduës d'auantage, s'il auoit eu plus de loisir.

AGLANTE.

Pour moy je tiens que cette passion est la plus agreable affaire de la vie, qu'il est necessaire d'aimer pour viure heureusement, et que tous les plaisirs sont fades s'il ne s'y mesle vn peu d'amour.

LA PRINCESSE.

Pouuez-vous bien toutes deux, estant ce que vous estes, prononcer ces paroles; et ne deuez-vous pas rougir d'appuyer vne passion qui n'est qu'erreur, que foiblesse et qu'emportement, et dont tous les desordres ont tant de repugnance auec la gloire de nostre sexe. I'en pretens soustenir l'honneur jusqu'au dernier moment de ma vie : Et ne veux point du tout me commettre à ces gens qui font les esclaues aupres de nous, pour deuenir vn jour nos tyrans : Toutes ces larmes, tous ces soûpirs, tous ces hommages tous ces respects sont des embusches qu'on tend à nostre cœur, et qui souuent l'engagent à commettre des lâchetez. Pour moy quand je regarde certains exemples, et les bassesses épouuantables où cette passion rauale les personnes sur qui elle étend sa puissance : Ie sens tout mon cœur qui s'émeut : et je ne puis souffrir qu'vne ame qui fait profession d'vn peu de fierté, ne trouue pas vne honte horrible à de telles foiblesses.

CINTHIE.

Eh ! Madame, il est de certaines foiblesses qui ne sont point honteuses, et qu'il est beau mesme d'auoir dans les plus hauts degrez de gloire. I'espere que vous changerez vn jour de pensée, et s'il plaist au Ciel nous verrons vostre cœur auant qu'il soit peu...

LA PRINCESSE.

Arrestez, n'acheuez pas ce souhait estrange, i'ay vne horreur trop inuincible pour ces sortes d'abbaissemens, et si iamais j'estois capable d'y descendre, ie serois personne sans doute à ne me le point pardonner.

AGLANTE.

Prenez garde; Madame, l'Amour sçait se vanger des mespris que l'on fait de luy, et peut-estre...

LA PRINCESSE.

Non, non ie braue tous ses traits, et le grand pouuoir qu'on luy donne n'est rien qu'vne chimere, qu'vne excuse des foibles cœurs qui le font inuincible pour authoriser leur foiblesse.

CINTHIE.

Mais enfin toute la terre reconnoist sa puissance, et vous voyez que les Dieux mesmes sont assujettis à son empire : On nous fait voir que Iupiter n'a pas aymé pour vne fois ; et que Diane mesme dont vous affectez tant l'exemple n'a pas rougy de pousser des soûpirs d'amour.

LA PRINCESSE.

Les croyances publiques sont toûjours meslées d'erreur : Les Dieux ne sont point faits comme les fait le vulgaire, et c'est leur manquer de respect que de leur attribüer les foiblesses des hommes.

Scene Devxiesme.

MORON. LA PRINCESSE. AGLANTE. CINTHIE. PHILIS.

AGLANTE.

Vien, approche Moron, vien nous ayder à deffendre l'Amour contre les sentimens de la Princesse.

LA PRINCESSE.

Voila vostre party fortifié d'vn grand deffenseur.

MORON.

Ma foy, Madame, je croy qu'apres mon exemple il n'y a plus rien à dire, et qu'il ne faut plus mettre en doute le pouuoir de l'Amour. I'ay braué ses armes assez long-temps, et fait de mon drole comme vn autre; mais enfin ma fierté a baissé l'oreille, et vous auez vne traitresse qui m'a rendu plus doux qu'vn Agneau : Apres cela on ne doit plus faire aucun scrupule d'aymer, et puis que j'ay bien passé par là, il peut bien y en passer d'autres.

CINTHIE.

Quoy? Moron se mesle d'aymer?

MORON.

Fort bien.

CINTHIE.

Et de vouloir estre aymé?

MORON.

Et pourquoy non? Est-ce qu'on n'est pas assez bien fait pour cela? Ie pense que ce visage est assez passable, et que pour le bel air, dieu mercy, nous ne le cedons à personne.

CINTHIE.

Sans doute on auroit tort...

SCENE TROISIESME.

LYCAS. LA PRINCESSE. AGLANTE. CINTHIE. PHILIS. MORON.

LYCAS.

MAdame, le Prince vostre Pere vient vous trouuer icy, et conduit auec luy les Princes de Pyle, et d'Ithaque, et celuy de Messene.

LA PRINCESSE.

O Ciel! que pretent-il faire en me les amenant? Auroit-il resolu ma perte, et voudroit-il bien me forcer au choix de quelqu'vn d'eux?

SCENE QVATRIESME.

LE PRINCE. EVRIALE. ARISTOMENE. THEOCLE. LA PRINCESSE. AGLANTE. CINTHIE. PHILIS. MORON.

LA PRINCESSE.

SEigneur, je vous demande la licence de preuenir par deux paroles, la declaration des pensées que vous pouuez auoir. Il y a deux veritez, Seigneur, aussi constantes l'vne que l'autre, dont je puis vous asseurer également; L'vne que vous auez vn absolu pouuoir sur moy, et que vous ne sçauriez m'ordonner rien où je ne responde aussi-tost par vne obeïssance aueugle. L'autre que je regarde l'Hymenée ainsi que le trespas, et qu'il m'est impossible de forcer cette auersion naturelle : Me donner vn Mary, et me donner la mort c'est vne mesme chose; mais vostre volonté va la premiére, et mon obeïssance m'est bien plus chere que ma vie : Apres cela parlez, Seigneur, prononcez librement ce que vous voulez.

LE PRINCE.

Ma fille tu as tort de prendre de telles allarmes, et je me plains de toy, qui peux mettre dans ta pensée que je sois assez mauuais Pere pour vouloir faire violence à tes sentimens, et me seruir tiranniquement de la puissance que le Ciel me donne sur toy. Ie souhaite à la verité que ton cœur puisse aymer quelqu'vn : Tous mes vœux seroient satisfaits si cela pouuoit arriuer, et je n'ay proposé les Festes et les Ieux que je fais celebrer icy, qu'afin d'y pouuoir attirer tout ce que la Grece a d'illustre; et que parmi cette noble jeunesse tu puisse enfin rencontrer où arrester tes yeux et déterminer tes pensées. Ie ne demande dis-je, au Ciel autre bon-heur que celuy de te voir vn Espoux. I'ay pour obtenir cette grace fait encore ce matin vn sacrifice à Venus; et si je sçay bien expliquer le langage des Dieux, elle m'a promis vn miracle : mais quoy qu'il en soit je veux en vser auec toy en Pere qui cherit sa Fille : Si tu trouue où attacher tes vœux, ton choix sera le mien, et je ne considereray ny interests d'Estat, ny auantage d'Alliance. Si ton cœur demeure insensible, je n'entreprendray point de le forcer : Mais au moins sois complaisante aux ciuilitez qu'on te rend, et ne m'oblige point à faire les excuses de ta froideur : Traite ces Princes auec l'estime que tu leur dois, reçois auec reconnoissance les tesmoignages de leur zele, et vien voir cette Course où leur adresse va paroistre.

THEOCLE.

Tout le monde va faire des efforts pour emporter le prix de cette Course, mais à vous dire vray j'ay peu d'ardeur pour la victoire, puisque ce n'est pas vostre cœur qu'on y doit disputer.

ARISTOMENE.

Pour moy, Madame, vous estes le seul prix que je me propose par tout : C'est vous que je croy disputer dans ces combats d'adresse, et je n'aspire maintenant à r'emporter l'honneur de cette Course, que pour obtenir vn degré de gloire qui m'approche de vostre cœur.

EVRIALE.

Pour moy, Madame, je n'y vais point du tout auec cette pensée : Comme j'ay fait toute ma vie profession de ne rien aymer, tous les soins que je prens ne vont point où tendent les autres :

Ie n'ay aucune pretention sur vostre cœur, et le seul honneur de la Course est tout l'auantage où j'aspire. *Ils la quittent.*

LA PRINCESSE.

D'où sort cette fierté où l'on ne s'attendoit point? Princesses, que dites-vous de ce jeune Prince? auez-vous remarqué de quel ton il l'a pris?

AGLANTE.

Il est vray que cela est vn peu fier.

MORON.

Ah! quelle braue botte il vient là de luy porter!

LA PRINCESSE.

Ne trouuez-vous pas qu'il y auroit plaisir d'abaisser son orgueil, et de soûmettre vn peu ce cœur qui tranche tant du braue?

CINTHIE.

Comme vous estes accoustumée à ne jamais receuoir que des hommages et des adorations de tout le monde, vn compliment pareil au sien doit vous surprendre à la verité.

LA PRINCESSE.

Ie vous auouë que cela m'a donné de l'émotion, et que je souhaiterois fort de trouuer les moyens de chastier cette hauteur. Ie n'auois pas beaucoup d'enuie de me trouuer à cette Course; mais j'y veux aller expres, et employer toute chose pour luy donner de l'amour.

CINTHIE.

Prenez garde, Madame, l'entreprise est perilleuse, et lors qu'on veut donner de l'amour on court risque d'en receuoir.

LA PRINCESSE.

Ah! n'apprehendez rien, ie vous prie, allons, je vous responds de moy.

Fin du deuxiesme Acte.

TROISIESME INTERMEDE

SCENE PREMIERE.

MORON, PHILIS.

MORON.

PHilis demeure icy?

PHILIS.

Non, laisse-moy suiure les autres.

MORON.

Ah! cruelle, si c'estoit Tircis qui t'en priast, tu demeurerois bien viste.

PHILIS.

Cela se pourroit faire, et je demeure d'accord que ie trouue bien mieux mon conte auec l'vn qu'auec l'autre; car il me diuertit auec sa voix, et toy tu m'estourdis de ton cacquet. Lors que tu chanteras aussi bien que luy, ie te promets de t'écouter.

MORON.

Eh! demeure vn peu.

PHILIS.

Ie ne sçaurois.

MORON.

De grace?

PHILIS.

Point te dis-je.

MORON.

Ie ne te laisseray point aller.

PHILIS.

Ah! que de façons.

MORON.

Ie ne te demande qu'vn moment à estre auec toy?

PHILIS.

Et bien! oüy, j'y demeureray, pourueu que tu me promette vne chose?

MORON.

Et qu'elle?

PHILIS.

De ne me point parler du tout.

MORON.

Eh! Philis?

PHILIS.

A moins que de cela je ne demeureray point auec toy.

MORON.

Veux-tu me...

PHILIS.

Laisse-moy aller?

MORON.

Et bien, ouy, demeure: je ne te diray mot.

PHILIS.

Prens-y bien garde au moins; car à la moindre parole je prens la fuitte.

MORON.

Soit. Ah! Philis... Eh... Elle s'enfuit, et je ne sçaurois l'atraper. Voila ce que c'est, si je sçauois chanter j'en ferois bien mieux mes affaires. La pluspart des femmes aujourd'huy se laissent prendre par les oreilles : Elles sont cause que tout le monde se mesle de Musique, et l'on ne reüssit aupres d'elles, que par les petites chansons, et les petits vers qu'on leur fait entendre. Il faut que j'aprenne à chanter pour faire comme les autres. Bon voicy justement mon homme.

Il fait vne Scene de gestes.

Scene Devxiesme.

SATYRE. MORON.

SATYRE.

LA la la.

MORON.

Ah! Satyre mon amy, tu sçais bien ce que tu m'as promis il y a long-temps, aprens-moy à chanter, je te prie?

SATYRE.

Ie le veux; mais auparauant escoute vne chanson que je viens de faire.

MORON.

Il est si accoustumé à chanter qu'il ne sçauroit parler d'autre façon. Allons chante, j'escoute.

SATYRE.

Ie portois...

MORON.

Vne chanson, dis-tu?

SATYRE.

Ie port...

MORON.

Vne chanson à chanter?

SATYRE.

Ie port...

MORON.

Chanson amoureuse, peste.

SATYRE.

Ie portois dans vne cage
Deux moyneaux que j'auois pris,
Lors que la jeune Cloris
Fit dans un sombre boccage
Briller, à mes yeux surpris,
Les fleurs de son beau visage:
Helas? dis-je aux moyneaux, en receuant les coups

De ses yeux si sçauans à faire des conquestes,
Consolez-vous, pauures petites bestes,
Celuy qui vous a pris est bien plus pris que vous.

Moron ne fut pas satisfait de cette Chanson, quoy qu'il la trouuast jolie, il en demanda vne plus passionnée, et priant le Satyre de luy dire celle qu'il lui auoit ouy chanter quelques jours auparauant, il continua ainsi.

DAns vos chants si doux,
Chantez à ma belle,
Oyseaux, chantez tous
Ma peine mortelle:
Mais si la cruelle
Se met en corroux,
Au recit fidelle
Des maux que je sens pour elle;
Oyseaux, taisez-vous.
Oyseaux, taisez-vous.

Cette seconde Chanson ayant touché Moron fort sensiblement, il pria le Satyre de luy apprendre à chanter; et luy dit:

Ah! qu'elle est belle! apprens-la moy?

SATYRE.

La, la, la, la.

MORON.

La, la, la, la.

SATYRE.

Fa, fa, fa, fa.

MORON.

Fa, toy-mesme.

Le Satyre s'en mit en colere, et peu à peu se mettant en posture d'en venir à des coups de poing, les Violons reprirent vn Air sur lequel ils danserent vne plaisante Entrée.

ACTE TROISIESME

ARGVMENT

LA Princesse d'Elide estoit cependant dans d'estranges inquietudes : le Prince d'Ithaque auoit gagné le prix des Courses, elle auoit dans la suite de ce diuertissement fait des merueilles à chanter et à la danse, sans qu'il parust que les dons de la nature et de l'art eussent esté quasi remarquez par le Prince d'Ithaque; elle en fit de grandes plaintes à la Princesse sa parente; elle en parla à Moron, qui fit passer cét insensible pour vn brutal : Et enfin le voyant arriuer luy-mesme, elle ne pût s'empescher de luy en toucher fort serieusement quelque chose : Il luy respondit ingénûment qu'il n'aymoit rien, et qu'hors l'amour de sa liberté, et les plaisirs qu'elle trouuoit si agreables de la solitude et de la Chasse rien ne le touchoit.

Scene Premiere.

LA PRINCESSE. AGLANTE. CINTHIE. PHILIS.

CINTHIE.

IL est vray, Madame, que ce jeune Prince a fait voir vne adresse non commune, et que l'air dont il a paru a esté quelque chose de surprenant. Il sort vainqueur de cette Course, mais je doute fort qu'il en sorte auec le mesme cœur qu'il y a porté : Car enfin, vous luy auez tiré des traits dont il est difficile de se deffendre, et sans parler de tout le reste, la grace de vostre danse, et la douceur de vostre voix ont eu des charmes aujourd'huy à toucher les plus insensibles.

LA PRINCESSE.

Le voicy qui s'entretient auec Moron; nous sçaurons vn peu dequoy il luy parle : Ne rompons point encore leur entretien, et prenons cette route pour reuenir à leur rencontre.

SCENE DEVXIESME.

EVRIALE. MORON. ARBATE.

EVRIALE.

AH! Moron, je te l'auouë, j'ay esté enchanté, et jamais tant de charmes n'ont frappé tout ensemble mes yeux et mes oreilles. Elle est adorable en tout temps, il est vray : mais ce moment l'a emporté sur tous les autres, et des graces nouuelles ont redoublé l'éclat de ses beautez. Iamais son visage ne s'est paré de plus viues couleurs, ny ses yeux ne se sont armez de traits plus vifs et plus perçans. La douceur de sa voix a voulu se faire paroistre dans vn air tout charmant qu'elle a daigné chanter, et les sons merueilleux qu'elle formoit passoient jusqu'au fond de mon ame, et tenoient tous mes sens dans vn rauissement à ne pouuoir en reuenir. Elle a fait éclater en suite vne disposition toute diuine, et ses pieds amoureux sur l'émail d'vn tendre gazon traçoient d'aymables caracteres qui m'enleuoient hors de moy-mesme, et m'attachoient par des nœuds inuainsibles aux doux et justes mouuemens dont tout son corps suiuoit les mouuemens de l'harmonie. Enfin jamais ame n'a eu de plus puissantes émotions que la mienne, et j'ay pensé plus de vingt fois oublier ma resolution pour me jetter à ses pieds, et luy faire vn aueu sincere de l'ardeur que je sens pour elle.

MORON.

Donnez-vous en bien de garde, Seigneur, si vous m'en voulez croire : Vous auez trouvé la meilleure inuention du monde, et je me trompe fort si elle ne vous reüssit. Les femmes sont des animaux d'vn naturel bizarre, nous les gastons par nos douceurs, et je croy tout de bon que nous les verrions nous courir, sans tous ces respects, et ces soûmissions où les hommes les acoquinent.

ARBATE.

Seigneur, voicy la Princesse qui s'est vn peu éloignée de sa suite.

MORON.

Demeurez ferme, au moins, dans le chemin que vous auez pris : Ie m'en vais voir ce qu'elle me dira; cependant promenez-vous icy dans ces petites routes sans faire aucun semblant d'auoir enuie de la joindre, et si vous l'abordez, demeurez auec elle le moins qu'il vous sera possible.

Scene Troisiesme.

LA PRINCESSE. MORON.

LA PRINCESSE.

TV as donc familiarité, Moron, auec le Prince d'Ithaque?

MORON.

Ah! Madame, il y a long-temps que nous nous connoissons.

LA PRINCESSE.

D'où vient qu'il n'est pas venu jusqu'icy, et qu'il a pris cette autre route quand il m'a veuë?

MORON.

C'est vn homme bizare qui ne se plaist qu'à entretenir ses pensées.

LA PRINCESSE.

Estois-tu tantost au compliment qu'il m'a fait?

MORON.

Ouy, Madame, j'y estois, et je l'ay trouué vn peu impertinent, n'en deplaise à sa Principauté.

LA PRINCESSE.

Pour moy je le confesse, Moron, cette fuite m'a choquée, et j'ay toutes les enuies du monde de l'engager pour rabattre vn peu son orgueil.

MORON.

Ma foy, Madame, vous ne feriez pas mal, il le meriteroit bien : mais à vous dire vray, je doute fort que vous y puissiez reüssir.

LA PRINCESSE.

Comment ?

MORON.

Comment ? c'est le plus orgueilleux petit vilain que vous ayez jamais veu. Il luy semble qu'il n'y a personne au monde qui le merite, et que la terre n'est pas digne de le porter.

LA PRINCESSE.

Mais encore, ne t'a-t'il point parlé de moy ?

MORON.

Luy ? non.

LA PRINCESSE.

Il ne t'a rien dit de ma voix, et de ma danse ?

MORON.

Pas le moindre mot.

LA PRINCESSE.

Certes ce mespris est choquant, et je ne puis souffrir cette hauteur estrange de ne rien estimer.

MORON.

Il n'estime, et n'ayme que luy.

LA PRINCESSE.

Il n'y a rien que je ne fasse, pour le soûmettre comme il faut.

MORON.

Nous n'auons point de marbre dans nos montagnes qui soit plus dur, et plus insensible que luy.

LA PRINCESSE.

Le voila.

MORON.

Voyez-vous comme il passe, sans prendre garde à vous?

LA PRINCESSE.

De grace, Moron, va le faire auiser que je suis icy, et l'oblige à me venir aborder.

SCENE QVATRIESME.

LA PRINCESSE. EVRIALE. MORON. ARBATE.

MORON.

SEigneur, je vous donne auis que tout va bien: la Princesse souhaite que vous l'abordiez: mais songez bien à continuer vostre roole, et de peur de l'oublier ne soyez pas long-temps auec elle.

LA PRINCESSE.

Vous estes bien solitaire, Seigneur, et c'est vne humeur bien extraordinaire que la vostre, de renoncer ainsi à nostre sexe, et de fuyr à vostre age cette galanterie, dont se piquent tous vos pareils.

EVRIALE.

Cette humeur, Madame, n'est pas si extraordinaire qu'on n'en trouuast des exemples sans aller loin d'icy, et vous ne sçauriez condamner la resolution que j'ay prise de n'aymer jamais rien, sans condamner aussi vos sentimens.

LA PRINCESSE.

Il y a grande difference, et ce qui sied bien à vn sexe, ne sied pas bien à l'autre. Il est beau qu'vne femme soit insensible, et conserue son cœur exempt des flames de l'amour, mais ce qui est vertu en elle, deuient vn crime dans vn homme. Et comme la beauté est le partage de nostre sexe, vous ne sçauriez ne nous point aymer, sans nous derober les hommages qui nous sont deus, et commettre vne offence dont nous deuons toutes nous ressentir.

EVRIALE.

Ie ne voy pas, Madame, que celles qui ne veulent point aymer, doiuent prendre aucun interest à ces sortes d'offences.

LA PRINCESSE.

Ce n'est pas vne raison, Seigneur, et sans vouloir aymer, on est toûjours bien-ayse d'estre aymée.

EVRIALE.

Pour moy je ne suis pas de mesme, et dans

le dessein où je suis, de ne rien aymer, je serois fasché d'estre aymé.

LA PRINCESSE.

Et la raison?

EVRIALE.

C'est qu'on a obligation à ceux qui nous ayment, et que je serois fasché d'estre ingrat.

LA PRINCESSE.

Si bien donc, que pour fuyr l'ingratitude, vous aymeriez qui vous aymeroit?

EVRIALE.

Moy? Madame, point du tout. Ie dis bien que je serois fasché d'estre ingrat: mais je me resoudrois plustost de l'estre, que d'aymer.

LA PRINCESSE.

Telle personne vous aymeroit, peut-estre que vostre cœur...

EVRIALE.

Non, Madame, rien n'est capable de toucher mon cœur, ma liberté est la seule maistresse à qui je consacre mes vœux, et quand le Ciel employeroit ses soins à composer vne beauté parfaite, quand il employeroit en elle tous les dons les plus merueilleux, et du corps et de l'ame, enfin quand il exposeroit à mes yeux vn miracle d'esprit, d'adresse, et de beauté, et que cette personne m'aymeroit auec toutes les tendresses imaginables, je vous l'auouë franchement je ne l'aymerois pas.

LA PRINCESSE.

A-t-on jamais rien veu de tel!

MORON.

Peste soit du petit brutal, j'aurois bien envie de luy bailler vn coup de poing.

LA PRINCESSE *parlant en soy.*

Cet orgueil me confond, et j'ay vn tel dépit, que je ne me sens pas.

MORON *parlant au Prince.*

Bon courage, Seigneur, voila que va le mieux du monde.

EVRIALE.

Ah! Moron, je n'en puis plus, et je me suis fait des efforts estranges.

LA PRINCESSE.

C'est auoir vne insensibilité bien grande, que de parler comme vous faites.

EVRIALE.

Le Ciel ne m'a pas fait d'vne autre humeur : mais, Madame, j'interromps vostre promenade, et mon respect doit m'aduertir que vous aymez la solitude.

SCENE CINQVIESME.

LA PRINCESSE, MORON, PHILIS, TIRCIS.

MORON.

IL ne vous en doit rien, Madame, en dureté de cœur.

LA PRINCESSE.

Ie donnerois volontiers tout ce que j'ay au monde, pour auoir l'auantage d'en triompher.

MORON.

Ie le croy?

LA PRINCESSE.

Ne pourrois-tu, Moron, me seruir dans vn tel dessein?

MORON.

Vous sçauez bien, Madame, que je suis tout à vostre seruice.

LA PRINCESSE.

Parle luy de moy dans tes entretiens, vante luy adroitement ma personne, et les auantages de ma naissance, et tâche d'ébranler ses sentimens par la douceur de quelque espoir. Ie te permets de dire tout ce que tu voudras, pour tâcher à me l'engager.

MORON.

Laissez-moy faire.

LA PRINCESSE.

C'est vne chose qui me tient au cœur, je souhaite ardemment qu'il m'ayme.

MORON.

Il est bien fait? oüy, ce petit pendart là : Il a bon air, bonne phisionomie, et je croy qu'il seroit assez le fait d'vne jeune Princesse.

LA PRINCESSE.

Enfin tu peux tout esperer de moy, si tu trouues moyen d'enflammer pour moy son cœur.

MORON.

Il n'y a rien qui ne se puisse faire; mais, Madame, s'il venoit à vous aymer, que feriez-vous, s'il vous plaist?

LA PRINCESSE.

Ah! ce seroit lors que je prendrois plaisir à triompher pleinement de sa vanité, à punir son mépris par mes froideurs, et à exercer sur luy toutes les cruautez que je pourrois imaginer.

MORON.

Il ne se rendra jamais.

LA PRINCESSE.

Ah! Moron, il faut faire en sorte qu'il se rende.

MORON.

Non? il n'en fera rien, je le connois, ma peine seroit inutile.

LA PRINCESSE.

Si faut-il pourtant tenter toute chose, et esprouuer si son ame est entierement insensible. Allons je veux luy parler, et suiure vne pensée qui vient de me venir.

Fin du troisiesme Acte.

QVATRIESME INTERMEDE

SCENE PREMIERE.

PHILIS, TIRCIS.

PHILIS.

VIen, Tircis, laissons les aller, et me dis vn peu ton martyre de la façon que tu sçais faire? Il y a long-temps que tes yeux me parlent; mais je suis plus ayse d'ouyr ta voix.

TIRCIS *en chantant.*

TV m'escoutes, helas! dans ma triste langueur;
Mais je n'en suis pas mieux, ô! beauté sans pareille!
Et je touche ton oreille,
Sans que je touche ton cœur.

PHILIS.

Va, va, c'est dé-ja quelque chose que de toucher l'oreille, et le temps amene tout. Chante moy cependant quelque plainte nouuelle que tu ayes composée pour moy.

SCENE DEVXIESME.

MORON, PHILIS, TIRCIS.

MORON.

AH! ah! je vous y prens, cruelle; vous vous écartez des autres pour ouyr mon riual?

PHILIS.

Oüy, je m'écarte pour cela; je te le dis encore: Ie me plais auec luy, et l'on écoute volontiers les Amans lors qu'ils se plaignent aussi agreablement qu'il fait. Que ne chante-tu comme luy? je prendrois plaisir à t'écouter.

MORON.

Si je ne sçay chanter, je sçay faire autre chose, et quand....

PHILIS.

Tais toy? je veux l'entendre. Dis, Tircis, ce que tu voudras.

MORON.

Ah! cruelle....

PHILIS.

Silence, dis-je, ou je me mettray en colere.

TIRCIS *en chantant.*

Arbres espais, et vous prez esmaillez,
La beauté dont l'Hyuer vous auoit despouillez,
Par le Printemps vous est renduë :
Vous reprenez tous vos appas ;
Mais mon ame ne reprend pas
La joye, helas! que j'ay perduë.

MORON.

Morbleu que n'ay-je de la voix? ah! nature marastre! pourquoy ne m'as-tu pas donné dequoy chanter comme à vn autre?

PHILIS.

En verité. Tircis, il ne se peut rien de plus agreable, et tu l'emportes sur tous les Riuaux que tu as.

MORON.

Mais pourquoy est-ce que je ne puis pas chanter? N'ay-je pas vn estomach, vn gosier, et vne langue comme vn autre? Oüy, oüy, allons, je veux chanter aussi, et te montrer que l'Amour fait faire toutes choses. Voicy vne chanson que j'ay faite pour toy.

PHILIS.

Oüy, dis? je veux bien t'écouter pour la rareté du fait.

MORON.

Courage, Moron, il n'y a qu'à auoir de la hardiesse.

Moron chante.

TOn extréme rigueur
S'acharne sur mon cœur,
Ah! Philis je trespasse!
Daignes me secourir?
En seras-tu plus grasse
De m'auoir fait mourir?

Viuat, Moron.

PHILIS.

Voila qui est le mieux du monde : mais, Moron, je souhaiterois bien d'auoir la gloire, que quelque Amant fût mort pour moy; c'est vn auantage dont je n'ay pas encor joüy, et je trouue que j'aymerois de tout mon cœur vne personne qui m'aymeroit assez pour se donner la mort.

MORON.

Tu aymerois vne personne qui se tuëroit pour toy?

PHILIS.

Oüy.

MORON.

Il ne faut que cela pour te plaire?

PHILIS.

Non.

MORON.

Voilà qui est fait, je te veux montrer que je me sçay tuër quand je veux.

TIRCIS *chante.*

Ah! quelle douceur extréme,
De mourir pour ce qu'on ayme. *bis*

MORON.

C'est vn plaisir que vous aurez quand vous voudrez.

TIRCIS *chante.*

Courage, Moron? meurs promptement
En genereux Amant.

MORON.

Ie vous prie de vous mesler de vos affaires, et de me laisser tuër à ma fantaisie. Allons, je vais faire honte à tous les Amans; tien? je ne suis pas homme à faire tant de façons, voy ce poignard? prens bien garde comme je vais me percer le cœur? Ie suis vostre seruiteur, quelque niais.

Se riant de Tircis.

PHILIS.

Allons. Tircis, viens-t'en me redire à l'écho, ce que tu m'as chanté.

ACTE QVATRIESME.

ARGVMENT.

LA Princesse esperant par vne feinte pouuoir descouurir les sentimens du prince d'Itaque, elle luy fit confidence qu'elle aymoit le Prince de Messene : Au lieu d'en paroistre affligé il luy rendit la pareille, et luy fit connoistre que la Princesse sa parente luy auoit donné dans la veuë, et qu'il la demanderoit en Mariage au Roy son Pere : A cette atteinte impreueuë cette Princesse perdit toute sa constance; et quoy qu'elle essayast à se contraindre deuant luy, aussi-tost qu'il fut sorty, elle demanda auec tant d'empressement à sa Cousine de ne receuoir point les seruices de ce Prince, et de ne l'espouser jamais, qu'elle ne pût le luy refuser : Elle s'en plaignit mesme à Moron, qui luy ayant dit assez franchement qu'elle l'aymoit donc, en fut chassé de sa presence.

SCENE PREMIERE.

EVRIALE, LA PRINCESSE, MORON.

LA PRINCESSE.

PRince, comme jusques icy nous auons fait paroistre vne conformité de sentimens, et que le Ciel a semblé mettre en nous mesmes attachemens pour nostre liberté, et mesme auersion pour l'Amour; je suis bien ayse de vous ouurir mon cœur, et de vous faire confidence d'vn changement dont vous serez surpris. I'ay toûjours regardé l'Hymen comme vne chose affreuse, et j'auois fait serment d'abandonner plûtost la vie, que de me resoudre jamais à perdre cette liberté pour qui j'auois des tendresses si grandes : mais, enfin, vn moment a dissipé toutes ces resolutions, le merite d'vn Prince m'a frapé aujourd'huy les yeux, et mon ame tout d'vn coup, (comme par vn miracle) est deuenuë sensible aux traits de cette passion que j'auois toûjours mesprisée. I'ai trouué d'abord des raisons pour authoriser ce changement, et je puis l'appuyer de la volonté de respondre aux ardantes sollicitations d'vn Pere, et aux vœux de tout vn Estat; mais à vous dire vray, je suis en peine du jugement que vous ferez de moy, et je voudrois sçauoir si vous condamnerez ou non le dessein que j'ay de me donner vn Espoux.

EVRIALE.

Vous pourriez faire vn tel choix, Madame, que je l'approuuerois sans doute.

LA PRINCESSE.

Qui croyez-vous, à vostre auis, que je veuille choisir?

EVRIALE.

Si j'estois dans vostre cœur je pourrois vous le dire : mais comme je n'y suis pas, je n'ay garde de vous respondre.

LA PRINCESSE.

Deuinez pour voir, et nommez quelqu'vn?

EVRIALE.

J'aurois trop peur de me tromper.

LA PRINCESSE.

Mais encore pour qui souhaiteriez-vous que je me declarasse?

EVRIALE.

Ie sçay bien à vous dire vray, pour qui je le souhaiterois : mais auant que de m'expliquer, je dois sçauoir vostre pensée.

LA PRINCESSE.

Et bien Prince, je veux bien vous la descouurir : je suis seure que vous allez aprouuer mon choix, et pour ne vous point tenir en suspent d'auantage, le Prince de Messene est celuy de qui le merite s'est attiré mes vœux.

EVRIALE.

O Ciel!

LA PRINCESSE.

Mon inuention a réussi, Moron, le voila qui se trouble.

MORON *parlant*

à la Princesse. *au Prince.* *à la Princesse.*
Bon, Madame. Courage, Seigneur. Il en tient.
au Prince.
Ne vous defaites pas.

LA PRINCESSE.

Ne trouuez-vous pas que j'ai raison, et que ce Prince a tout le merite qu'on peut auoir?

MORON *au Prince.*

Remettez-vous, et songez à respondre.

LA PRINCESSE.

D'où vient, Prince, que vous ne dites mot, et semblez interdit?

EVRIALE.

Ie le suis à la verité, et j'admire, Madame, comme le Ciel a pû former deux ames aussi semblables en tout que les nostres : deux ames en qui l'on ait veu vne plus grande conformité de sentimens, qui ayent fait éclater dans le mesme temps vne resolution à brauer les traits de l'Amour, et qui dans le mesme moment ayent fait paroistre vne égale facilité à perdre le nom d'insensibles : Car enfin, Madame, puis que vostre exemple m'authorise, je ne feindray point de vous dire, que l'Amour aujourd'huy s'est rendu maistre de mon cœur, et qv'ne des Princesses, vos Cousines, l'aymable et belle Aglante, a renuersé d'vn coup d'œil tous les projets de ma fierté. Ie suis rauy, Madame, que par cette égalité de défaite, nous n'ayons rien à nous reprocher l'vn et l'autre; et je ne doute point que comme je vous louë infiniment de vostre choix, vous n'aprouuiez aussi le mien. Il faut que ce miracle éclate aux yeux de tout le monde, et nous ne deuons point differer à nous rendre tous deux contens. Pour moy, Madame, je vous sollicite de vos suffrages, pour obtenir celle que je souhaite, et vous trouuerez bon que j'aille de ce pas en faire la demande au Prince vostre Pere.

MORON.

Ah digne! ah braue cœur!

Scene Devxiesme.

LA PRINCESSE, MORON.

LA PRINCESSE.

AH! Moron, je n'en puis plus, et ce coup que je n'attendois pas, triomphe absolument de toute ma fermeté.

MORON.

Il est vray que le coup est surprenant, et j'auois creu d'abord, que vostre stratageme auoit fait son effet.

LA PRINCESSE.

Ah! ce m'est vn despit à me desesperer, qu'vne autre ait l'auantage de soûmettre ce cœur que je voulois soûmettre.

Scene Troisiesme.

LA PRINCESSE, AGLANTE, MORON.

LA PRINCESSE.

PRincesse, j'ay à vous prier d'vne chose qu'il faut absolument que vous m'accordiez : Le Prince d'Ithaque vous ayme, et veut vous demander au Prince mon Pere.

AGLANTE.

Le Prince d'Ithaque, Madame?

LA PRINCESSE.

Oüy, il vient de m'en asseurer luy-mesme, et m'a demandé mon suffrage pour vous obtenir, mais je vous conjure de rejetter cette proposition, et de ne point prester l'oreille à tout ce qu'il pourra vous dire.

AGLANTE.

Mais, Madame, s'il estoit vray que ce Prince m'aymast effectiuement, pourquoy n'ayant aucun dessein de vous engager, ne voudriez-vous pas souffrir...

LA PRINCESSE.

Non, Anglante, je vous le demande, faites-moy ce plaisir je vous prie, et trouuez bon que n'ayant pû auoir l'auantage de le soûmettre, je luy dérobe la joye de vous obtenir.

AGLANTE.

Madame, il faut vous obeïr; mais je croirois que la conqueste d'vn tel cœur ne seroit pas vne victoire à dédaigner.

LA PRINCESSE.

Non, non, il n'aura pas la joye de me brauer entierement.

SCENE QVATRIESME.

ARISTOMENE, MORON, LA PRINCESSE, AGLANTE.

ARISTOMENE.

MAdame, je viens à vos pieds rendre grace à l'Amour de mes heureux destins, et vous tesmoigner auec mes transports, le ressentiment où je suis, des bontez surprenantes dont vous daignez fauoriser le plus soûmis de vos captifs.

LA PRINCESSE.

Comment?

ARISTOMENE.

Le prince d'Itaque, Madame, vient de m'asseureur tout à l'heure, que vostre cœur auoit eu la bonté de s'expliquer en ma faueur, sur ce célèbre choix qu'attend toute la Grece.

LA PRINCESSE.

Il vous a dit qu'il tenoit cela de ma bouche?

ARISTOMENE.

Oüy, Madame.

LA PRINCESSE.

C'est vn étourdy, et vous estes vn peu trop credule, Prince, d'ajouster foy si promptement à ce qu'il vous a dit; vne pareille nouuelle meriteroit bien, ce me semble, qu'on en doutast vn peu de temps, et c'est tout ce que vous pourriez faire de la croire, si je vous l'auois dite moy-mesme.

ARISTOMENE.

Madame, si j'ay esté trop prompt à me persuader.

LA PRINCESSE.

De grace, Prince, brisons-là ce discours, et si vous voulez m'obliger, souffrez que je puisse joüyr de deux momens de solitude.

SCENE CINQVIESME.

LA PRINCESSE, AGLANTE, MORON.

LA PRINCESSE.

AH! qu'en cette auanture, le Ciel me traite auec vne rigueur estrange! au moins, Princesse, souuenez-vous de la priere que je vous ay faite.

AGLANTE.

Ie vous l'ay dit déja, Madame, il faut vous obeïr.

MORON.

Mais, Madame, s'il vous aymoit vous n'en voudriez point, et cependant vous ne voulez pas qu'il soit à vne autre : C'est faire justement comme le chien du Iardinier.

LA PRINCESSE.

Non, je ne puis souffrir qu'il soit heureux auec vne autre, et si la chose estoit, je croy que j'en mourrois de deplaisir.

MORON.

Ma foy, Madame, auoüons la dette, vous voudriez qu'il fût à vous, et dans toutes vos actions, il est aysé de voir que vous aymez vn peu, ce jeune Prince.

LA PRINCESSE.

Moy, je l'ayme ? O Ciel ! je l'ayme ? auez-vous l'insolence de prononcer ces paroles, Sortez de ma veuë, impudent, et ne vous presentez jamais deuant moy.

MORON.

Madame...

LA PRINCESSE.

Retirez-vous d'icy, vous dis-je, ou je vous en feray retirer d'vne autre maniere.

MORON.

Il rencontre vn regard de la Princesse qui l'oblige à se retirer.

Ma foy, son cœur en a sa prouision, et...

SCENE SIXIESME.

LA PRINCESSE.

DE quelle émotion inconnuë sens-je mon cœur atteint ! et quelle inquietude secrette est venu troubler tout d'vn coup la tranquillité de mon ame ? Ne seroit-ce point aussi, ce qu'on vient de me dire, et sans en rien sçauoir n'aymerois-je point ce jeune Prince ? Ah ! si cela estoit je serois vne personne à me desesperer : mais il est impossible que cela soit, et je voy bien que je ne puis pas l'aymer. Quoy ? je serois capable de cette lascheté. I'ay veu toute la Terre à mes pieds, auec la plus grande insensibilité du monde. Les respects, les hommages et les soûmissions n'ont jamais pû toucher mon ame, et la fierté et le dedain en auroient triomphé. I'ay mesprisé tous ceux qui m'ont aymée, et j'aymerois le seul qui me mesprise? Non, non, je sçay bien que je ne l'ayme pas. Il n'y a pas de raison à cela : Mais si ce n'est pas de l'amour que ce que je sens maintenant, qu'est-ce donc que ce peut estre ? et d'où vient ce poison qui me court par toutes les veines, et ne me laisse point en repos avec moy-mesme? Sors de mon cœur, qui que tu sois, ennemy qui te caches, attaque moy visiblement, et deuiens à mes yeux la plus affreuse beste de tous nos bois, afin que mon dart et mes fleches me puissent deffaire de toy. O vous? admirables personnes, qui par la douceur de vos chants auez l'art d'adoucir les plus fascheuses inquietudes, approchez-vous d'icy de grâce, et tachez de charmer auec vostre Musique le chagrin où je suis.

Fin du quatriesme Acte.

CINQVIEME INTERMEDE

CLIMENE. PHILIS.

CLIMENE.

CHere Philis, dis-moy, que crois-tu de l'Amour?

PHILIS.

Toy-mesme, qu'en crois-tu, ma compagne fidelle?

CLIMENE.

On m'a dit que sa flame est pire qu'vn Vautour,
Et qu'on souffre en aymant vne peine cruelle.

PHILIS.

On m'a dit qu'il n'est point de passion plus belle,
Et que ne pas aymer c'est renoncer au jour.

CLIMENE.

A qui des deux donnerons-nous victoire?

PHILIS.

Qu'en croyrons-nous, ou le mal ou le bien?

CLIMENE et PHILIS *ensemble*.

Aymons, c'est le vray moyen
De sçauoir ce qu'on en doit croire.

PHILIS.

Cloris vante par tout l'Amour et ses ardeurs.

CLIMENE.

Amarante pour luy verse en tous lieux des larmes.

PHILIS.

Si de tant de tourmens il accable les cœurs,
D'où vient qu'on ayme à luy rendre les armes?

CLIMENE.

Si sa flame, Philis, est si pleine de charmes,
Pourquoy nous deffend-on d'en gouster les douceurs?

PHILIS.

A qui des deux donnerons-nous victoire?

CLIMENE.

Qv'en croirons-nous, ou le mal ou le bien?

TOVTES DEUX ENSEMBLE.

Aymons, c'est le vray moyen
De sçauoir ce qu'on en doit croire.

La Princesse les interrompit en cet endroit, et leur dit, Acheuez seules si vous voulez, je ne sçaurois demeurer en repos, et quelque douceur qu'ayent vos chants, ils ne font que redoubler mon inquietude...

ACTE CINQVIESME.

ARGVMENT.

IL se passoit dans le cœur du Prince de Messene des choses bien differentes; la joye que luy auoit donnée le Prince d'Ithaque, en luy apprenant malicieusement qu'il estoit aymé de la Princesse, l'auoit obligé de l'aller trouuer auec vne inconsideration que rien qu'vne extrême amour ne pouuoit excuser; mais il en auoit esté receu d'vne maniere bien differente à ce qu'il esperoit. Elle luy demanda qui luy auoit appris cette nouuelle, et quand elle eut sceu que sçauoit esté le Prince d'Ithaque, cette connoissance augmenta cruellement son mal, et luy fit dire à demy desesperée, c'est vn estourdy; et ce mot estourdit si fort le prince de Messene, qu'il sortit tout confus sans luy pouuoir respondre. La Princesse d'vn autre costé alla trouuer le Roy son Pere, qui venoit de paroistre auec le Prince d'Ithaque, et qui luy tesmoignoit, non seulement la joye qu'il auroit eué de le voir entrer dans son alliance, mais mesme l'opinion qu'il commençoit d'auoir que sa Fille ne le haïssoit pas: Elle ne fut pas plustost aupres de luy, que se jettant à ses pieds, elle luy demanda pour la plus grande faueur qu'elle en pust jamais receuoir, que le Prince d'Ithaque n'épousast jamais la Princesse.

Ce qui luy promit solemnellement; mais il luy dit, que si elle ne vouloit point qu'il fût à vn autre, il falloit qu'elle le prit pour elle : Elle luy respondit, il ne le voudroie pas; mais d'vne maniere si passionnée, qu'il estoit aysé de connoistre les sentimens de son cœur. Alors le Prince, quittant toute sorte de feinte, luy confessa son amour, et le stratageme dont il s'estoit seruy pour venir au point où il se voyoit alors par la connoissance de son humeur : La Princesse luy donnant la main, le Roy se tourna vers les deux Princes de Messene et de Pyle, et leur demanda si ses deux Parentes, dont le merite n'estoit pas moindre que la qualité, ne seroient point capables de les consoler de leur disgrace; ils luy respondirent que l'honneur de son alliance faisant tous leurs souhaits, ils ne pouuoient esperer vne plus heureuse fortune. Alors la joie fut si grande dans le Palais, qu'elle se respandit par tous les enuirons.

SCENE PREMIERE.

LE PRINCE. EVRIALE. MORON. AGLANTE. CINTHIE.

MORON.

OVy, Seigneur, ce n'est point raillerie, j'en suis ce qu'on appelle disgracié. Il m'a falu tirer mes chausses au plus viste, et jamais vous n'auez veu vn emportement plus brusque que le sien.

LE PRINCE.

Ah! Prince, que je deuray de graces à ce stratageme amoureux, s'il faut qu'il ait trouué le secret de toucher son cœur.

EVRIALE.

Quelque chose, Seigneur, que l'on vienne de vous en dire, je n'ose encore, pour moy, me flater de ce doux espoir : mais enfin si ce n'est pas à moy trop de temerité, que d'oser aspirer à l'honneur de vostre alliance, si ma personne et mes Estats...

LE PRINCE.

Prince, n'entrons point dans ces complimens,

je trouue en vous dequoy remplir tous les souhaits d'vn Pere, et si uous auez le cœur de ma Fille, il ne vous manque rien.

SCENE DEVXIESME.

LA PRINCESSE, LE PRINCE, EVRIALE, AGLANTE, CINTHIE, MORON.

LA PRINCESSE.

O Ciel ! que vois-je icy ?

LE PRINCE.

Ouy, l'honneur de vostre alliance m'est d'vn prix tres-considerable, et je souscris aysément de tous mes suffrages à la demande que vous me faites.

LA PRINCESSE.

Seigneur, je me jette à vos pieds pour vous demander vne grace. Vous m'auez toûjours tesmoigné vne tendresse extréme, et je croy vous deuoir bien plus par les bontez que vous m'auez fait voir que par le jour que vous m'auez donné : mais si jamais pour moy vous auez eu de l'amitié, je vous en demande aujourd'hui la plus sensible preuue que vous me puissiez accorder; c'est de n'écouter point, Seigneur, la demande de ce Prince, et de ne pas souffrir que la Princesse Aglante soit vnie auec luy.

LE PRINCE.

Et par quelle raison, ma Fille, voudrois-tu t'opposer à cette vnion?

LA PRINCESSE.

Par la raison, que je hais ce Prince, et que je veux, si je puis, trauerser ses desseins.

LE PRINCE.

Tu le hais, ma Fille?

LA PRINCESSE.

Ouy, et de tout mon cœur, je vous l'auoue.

LE PRINCE.

Et que ta-t'il fait?

LA PRINCESSE.

Il m'a mesprisée.

LE PRINCE.

Et comment?

LA PRINCESSE.

Il ne m'a pas trouuée assez bien faite pour m'addresser ses vœux.

LE PRINCE.

Et quelle offence te fait cela? Tu ne veux accepter personne?

LA PRINCESSE.

N'importe, il me deuoit aymer comme les autres, et me laisser, au moins, la gloire de le refuser : Sa declaration me fait vn affront, et ce m'est vne honte sensible, qu'à mes yeux, et au milieu de vostre Cour il a recherché vne autre que moy.

LE PRINCE.

Mais quel interest dois-tu prendre à luy?

LA PRINCESSE.

I'en prens, Seigneur, à me vanger de son mespris, et comme je sçay bien qu'il ayme Aglante auec beaucoup d'ardeur, je veux empescher, s'il vous plaist, qu'il ne soit heureux auec elle.

LE PRINCE.

Cela te tient donc bien au cœur?

LA PRINCESSE.

Ouy, Seigneur, sans doute, et s'il obtient ce qu'il demande, vous me verrez expirer à vos yeux.

LE PRINCE.

Va, va ma Fille, auouë franchement la chose. Le merite de ce Prince t'a fait ouurir les yeux, et tu l'aymes, enfin, quoy que tu puisses dire.

LA PRINCESSE.

Moy, Seigneur?

LE PRINCE.

Ouy, tu l'aymes.

LA PRINCESSE.

Ie l'ayme, dites-vous? et vous m'imputez cette lascheté? O Ciel! quelle est mon infortune! puis-je bien sans mourir, entendre ces paroles, et faut-il que je sois si malheureuse qu'on me soupçonne de l'aymer? Ah! si c'estoit vn autre que vous, Seigneur, qui me tinst ce discours, je ne sçay pas ce que je ne ferois point.

LE PRINCE.

Et bien? ouy, tu ne l'aymes pas. Tu le hais, j'y consens, et je veux bien pour te contenter qu'il n'espouse pas la Princesse Aglante.

LA PRINCESSE.

Ah! Seigneur, vous me donnez la vie.

LE PRINCE.

Mais afin d'empescher qu'il ne puisse estre jamais à Elle, il faut que tu le prenne pour toy.

LA PRINCESSE.

Vous vous mocquez, Seigneur, et ce n'est pas ce qu'il demande.

EVRIALE.

Pardonnez-moy, Madame, je suis assez temeraire pour cela, et je prens à tesmoin le Prince vostre Pere, si ce n'est pas vous que j'ay demandée. C'est trop vous tenir dans l'erreur, il faut leuer le masque, et deussiez-vous vous en preualoir contre moy, descouurir à vos yeux les veritables sentimens de mon cœur. Ie n'ay jamais aymé que vous, et jamais je n'aymeray que vous. C'est vous, Madame, qui m'auez enleué cette qualité d'insensible que j'auois toûjours affectée, et tout ce que j'ay pû vous dire, n'a esté qu'vne feinte, qu'vn mouuement secret m'a inspirée, et que je n'ay suiuie qu'auec toutes les violences imaginables. Il falloit qu'elle cessast bientost, sans doute, et je m'estonne seulement qu'elle ait pû durer la moitié d'vn jour; car enfin je mourois, je bruslois dans l'ame quand je vous déguisois mes sentimens, et jamais cœur n'a souffert vne contrainte égale à la mienne. Que si cette feinte, Madame, a quelque chose qui vous offence je suis tout prest de mourir pour vous en vanger : Vous n'auez qu'à parler, et ma main sur le champ fera gloire d'executer l'Arrest que vous prononcerez.

LA PRINCESSE.

Non, non, Prince, je ne vous sçay pas mauuais gré de m'auoir abusée, et tout ce que vous m'auez dit, je l'ayme bien mieux vne feinte, que non pas vne verité.

LE PRINCE.

Si bien donc, ma Fille, que tu veux bien accepter ce Prince pour Espoux?

LA PRINCESSE.

Seigneur, je ne sçay pas encore ce que je veux : donnez moy le temps d'y songer, je vous prie, et m'épargnez vn peu la confusion où je suis.

LE PRINCE.

Vous jugez, Prince, ce que cela veut dire, et vous vous pouuez fonder la dessus.

EVRIALE.

Ie l'attendray tant qu'il vous plaira, Madame, cet Arrest de ma destinée, et s'il me condamne à la mort, je le suiuray sans murmure.

LE PRINCE.

Vien, Moron, c'est icy vn jour de paix, et je te remets en grace auec la Princesse.

MORON.

Seigneur, je seray meilleur Courtisan vne

autre fois, et je me garderay bien de dire ce que je pense.

Scene Troisiesme.

ARISTOMENE, THEOCLE, LE PRINCE, LA PRINCESSE, AGLANTE, CINTHIE. MORON.

LE PRINCE.

IE crains bien, Princes, que le choix de ma Fille ne soit pas en vostre faueur; mais voila deux Princesses qui peuuent bien vous consoler de ce petit malheur.

ARISTOMENE.

Seigneur, nous sçauons prendre nostre party, et si ces aymables Princesses n'ont point trop de mespris pour les cœurs qu'on a rebutez, nous pouuons reuenir par elles à l'honneur de vostre alliance.

SCENE QVATRIESME.

PHILIS, ARISTOMENE, THEOCLE, LE PRINCE, LA PRINCESSE, AGLANTE, CINTHIE, MORON.

PHILIS.

SEigneur, la Deesse Venus vient d'annoncer par tout le changement du cœur de la Princesse : Tous les Pasteurs et toutes les Bergeres en tesmoignent leur joye par des dances et des chansons, et si ce n'est point vn spectacle que vous méprisiez, vous allez voir l'allegresse publique se repandre jusques icy.

Fin du cinquiesme Acte.

SIXIESME INTERMEDE.

CHOEVR DE PASTEVRS ET DE BERGERES QVI DANSENT.

Quatre Bergers et deux Bergeres Heroïques, representez les premiers par les Sieurs le Gros, Estiual, Don et Blondel; et les deux Bergeres par Mad[lle] de la Barre et Mad[lle] Hilaire se prenans par la main, chanterent cette Chanson à danser à laquelle les autres respondirent.

CHANSON.

VSez mieux, ô! beautez fieres!
Du pouuoir de tout charmer;
Aymez, aymables Bergeres,
Nos cœurs sont faits pour aymer:
Quelque fort qu'on s'en deffende,
Il y faut venir vn jour:
Il n'est rien qui ne se rende
Aux doux charmes de l'Amour.

Songez de bonne heure à suiure
Le plaisir de s'enflamer,

Vn cœur ne commence à viure
Que du jour qu'il sçait aymer :
Quelque fort qu'on s'en deffende,
Il y faut venir vn jour :
Il n'est rien qui ne se rende
Aux doux charmes de l'Amour.

Pendant que ces aymables personnes dansoient, il sortit de dessous le Theatre la machine d'vn grand arbre chargé de seize Faunes, dont les huit joüerent de la Fluste, et les autres du Violon, auec vn concert le plus agreable du monde. Trente Violons leur respondoient de l'Orchestre, auec six autres concertans de Clauessins et de Thuorbes, qui estoient les Sieurs D'Anglebert, Richard, Itier, La Barre le cadet, Tissu et le Moine.

Et quatre Bergers et quatre Bergeres vinrent danser vne fort belle entrée, à laquelle les Faunes descendans de l'arbre se meslerent de temps en temps, et toute cette Scene fut si grande, si remplie et si agreable, qu'il ne s'estoit encore rien veu de plus beau en Ballet.

Aussi fit-elle vne aduantageuse conclusion aux diuertissemens de ce jour, que toute la Cour ne loüa pas moins que celuy qui l'auoit precedé, se retirant auec vne satisfaction qui luy fit bien esperer de la suite d'vne Feste si complette.

Les Bergers estoient. *Les Sieurs Chicanneau, du Pron, Noblet, et la Pierre.*

Et les Bregeres. *Les Sieurs Baltazard, Magny, Arnald, et Bonard.*

TROISIESME IOVRNE'E.

DES PLAISIRS DE L'ISLE ENCHANTE'E.

PLVS on s'auançoit vers le grand Rondeau qui representoit le Lac, sur lequel estoit autresfois basty le Palais d'Alcine : plus on s'approchoit de la fin des divertissemens de l'Isle Enchantée, comme s'il n'eust pas esté juste que tant de braues Cheualiers demeurassent plus long-temps dans vne oysiueté qui eust fait tort à leur gloire.

On feignoit donc, suiuant toûjours le premier dessein, que le Ciel ayant resolu de donner la liberté à ces Guerriers : Alcine en eut des pressentimens qui la remplirent de terreur et d'inquiétudes : Elle voulut apporter tous les remedes possibles pour preuenir ce malheur, et fortifier en toutes manieres vn lieu qui pût renfermer tout son repos et sa joye.

On fist paroistre sur ce Rondeau, dont l'estenduë et la forme sont extraordinaires, vn Rocher situé au milieu d'vne Isle couuerte de diuers animaux, comme s'ils eussent voulu en deffendre l'entrée.

Deux autres Isles plus longues, mais d'vne moindre largeur, paroissoient aux deux costez de la premiere, et toutes trois aussi bien que les bords du Rondeau, estoient si fort esclairées, que ces lumieres faisoient naistre vn nouueau jour dans l'obscurité de la nuit

Leurs Majestez estant arriuées, n'eurent pas plustost pris leur place, que l'vne des deux Isles qui paroissoient aux costez de la premiere, fut toute couuerte de Violons fort bien vestus.

L'autre qui estoit opposée, le fut au mesme temps de Trompettes et de Tymballiers, dont les habits n'estoient pas moins riches.

Mais ce qui surprit dauantage, fut de voir sortir Alcine de derriere le Rocher, portée par vn Monstre-Marin d'vne grandeur prodigieuse.

Deux des Nymphes de sa suite, sous les noms de Celie et de Dircé, partirent au mesme temps à sa suite; et se mettant à ses costez sur de grandes Baleines, elles s'approcherent du bord du Rondeau, et Alcine commença des Vers, ausquels ses Compagnes respondirent et qui furent à la loüange de la Reyne Mere du Roy.

ALCINE, CELIE, DIRCE'.

ALCINE.

Vous à qui je fis part de ma felicité,
Pleurez auecque moy dans cette extremité.

CELIE.

Quel est donc le sujet des soudaines alarmes
Qui de vos yeux charmans font couler tant de larmes?

ALCINE.

Si je pense en parler, ce n'est qu'en fremissant.
Dans les sombres horreurs d'vn songe menassant,
Vn spectre m'auertit, d'vne voix esperduë,
Que pour moy des Enfers la force est suspenduë:
Qu'vn celeste pouuoir arreste leur secours,
Et que ce jour sera le dernier de mes jours.
Ce que versa de triste au poinct de ma naissance
Des Astres ennemis, la maligne influence,
Et tout ce que mon art m'a predit de malheurs,
En ce songe fut peint de si viues couleurs,
Qu'à mes yeux éueillez sans cesse il represente
Le pouuoir de Melisse et l'heur de Bradamante.
I'auois preueu ces maux, mais les charmans plaisirs
Qui sembloient en ces lieux preuenir nos desirs;
Nos superbes Palais, nos jardins, nos campagnes,
L'agreable entretien de nos cheres compagnes;
Nos jeux et nos chansons, les concerts des oyseaux
Le parfum des Zephirs, le murmure des eaux,
De nos tendres amours les douces auantures,

M'auoient fait oublier ces funestes augures,
Quand le songe cruel dont je me sens troubler,
Auec tant de fureur les vint renouueller.
Chaque instant je croy voir mes forces terrassées,
Mes gardes esgorgez, et mes prisons forcées;
Ie crois voir mille amans, par mon art tranformez,
D'vne égale fureur à ma perte animez,
Quitter en mesme temps teurs troncs et leurs feuillages,
Dans le juste dessein de vanger leurs outrages,
Et je croy voir, enfin, mon aymable Roger,
De mes fers méprisez, prest à se desgager

CELIE.

La crainte en vostre esprit s'est acquis trop d'empire,
Vous regnez seule icy, pour vous seule on soûpire;
Rien n'interrompt le cours de vos contentemens
Que les accens plaintifs de vos tristes amans:
Logistile, et ses gens chassez de nos campagnes
Tremblent encor de peur, cachez dans leurs montagnes;
Et le nom de Melisse, en ces lieux inconnu,
Par vos augures seuls jusqu'à nous est venu.

DIRCE'.

Ah! ne nous flatons point, ce fantosme effroyable
M'a tenu cette nuit vn discours tout semblable.

ALCINE.

Helas! de nos malheurs, qui peut encor douter.

CELIE.

I'y vois un grand remede, et facile à tenter;
Vne Reine paroist, dont le secours propice
Nous sçaura garentir des efforts de Melisse:
Par tout de cette Reyne on vante la bonté,
Et l'on dit que son cœur, de qui la fermeté
Des flots les plus mutins méprisa l'insolence,
Contre les vœux des siens est toûjours sans defense.

ALCINE.

Il est vray je la vois, en ce pressant danger
A nous donner secours taschons de l'engager;
Disons-luy qu'en tous lieux la voix publique estale
Les charmantes beautez de son ame Royale;
Disons que sa vertu, plus haute que son rang,
Sçait releuer l'esclat de son auguste sang,
Et que de nostre sexe elle a porté la gloire
Si loin que l'auenir aura peine à le croire;
Que du bon-heur public son grand cœur amoureux
Fit toûjours des perils vn mépris genereux;
Que de ses propres maux, son ame à peine atteinte,
Pour les maux de l'Estat garda toute sa crainte:
Disons que ses bien-faits versez à pleines mains
Luy gaignent le respect et l'amour des humains,
Et qu'au moindre danger dont elle est menacée
Toute la terre en deüil se montre interessée:
Disons qu'au plus haut point de l'absolu pouuoir,
Sans faste et sans orgueil sa grandeur s'est fait voir;
Qu'aux temps les plus fascheux, sa sagesse constante,
Sans crainte a soustenu l'authorité penchante;
Et dans le calme heureux, par ses trauaux acquis,
Sans regret la remit dans les mains de son Fils.
Disons par quels respects, par quelle complaisance
De ce Fils glorieux, l'amour la récompense;
Vantons les longs trauaux, vantons les justes Loix
De ce Fils reconnu pour le plus grand des Rois;
Et comment cette Mere heureusement feconde,
Ne donnant que deux fois a donné tant au monde.
Enfin, faisons parler nos soupirs et nos pleurs
Pour la rendre sensible à nos viues douleurs,
Et nous pourrons trouuer au fort de nostre peine
Un refuge paisible aux pieds de cette Reyne.

DIRCE'.

Ie sçais bien que son cœur, noblement genereux,

Ecoute auec plaisir la voix des malheureux :
Mais on ne voit jamais éclater sa puissance
Qu'à repousser le tort qu'on fait à l'innocence;
Ie sçais qu'elle peut tout, mais je n'ose penser
Que jusqu'à nous deffendre on la vit s'abaisser.
De nos douces erreurs elle peut estre instruite,
Et rien n'est plus contraire à sa rare conduite;
Son zele si connu pour le culte des Dieux
Doit rendre à sa vertu nos respects odieux,
Et loin qu'à son abord son effroy diminué,
Malgré moy je le sens qui redouble à sa veuë.

ALCINE.

Ah! ma propre frayeur suffit pour m'affliger!
Loin d'aigrir mon ennuy, cherche à le soulager,
Et tasche de fournir à mon ame oppressée
Dequoy parer aux maux dont elle est menacée.
Redoublons cependant les Gardes du Palais,
Et s'il n'est point pour nous d'azile desormais,
Dans nostre desespoir cherchons nostre deffense,
Et ne nous rendons pas au moins sans resistance.

Alcine. Mademoiselle du Parc. *Celie.* Mademoiselle de Brie. *Dircé.* Mademoiselle Moliere.

LOrs qu'elles eurent acheué, et qu'Alcine se fut retirée pour aller redoubler les Gardes du Palais, le concert des Violons se fit entendre; pendant que le Frontispice du Palais venant à s'ouurir auec vn merueilleux artifice, et des Tours à s'esleuer à veuë d'œil.

Quatre Geans d'vne grandeur desmesurée,

vinrent à paroistre auec quatre Nains; qui par l'opposition de leur petite taille, faisoient paroistre celle des Geants encore plus excessiue. Ces Colosses estoient commis à la garde du Palais, et ce ſut par eux que commença la premiere Entrée du Ballet.

BALLET DV PALAIS D'ALCINE.

PREMIERE ENTRE'E.

QVatre Geants, et quatre Nains.

Geants. Les sieurs Mançeau, Vagnard, Pesan, et Ioubert.
Nains. Les deux petits Des-Airs, le petit Vagnard et le petit Tutin.

II. ENTRE'E.

HVit Maures chargez par Alcide de la garde du dedans, en font vne exacte visite, auec chacun deux flambeaux.

Maures. Messieurs d'Heureux, Beauchamp, Molier, La Marre, Les Sieurs Le Chantre, De Gan, Du Pron et Mercier.

III. ENTRE'E.

CEpendant vn despit amoureux oblige six des Cheualiers qu'Alcine retenait aupres d'elle, à tenter la sortie de ce Palais; mais la fortune ne secondant pas les efforts qu'ils font dans leur desespoir, ils sont vaincus apres vn grand combat par autant de monstres qui les attaquent.

Six Cheualiers, et six Monstres.

Cheualiers. Monsieur de Souuille, Les Sieurs Raynal, Des-Airs l'aisné, Des-Airs le second De Sorge et Balthasard.

Monstres. Les sieurs Chicanneau, Noblet, Arnald, Desbrosses, Desonets, et la Pierre.

IV. ENTRE'E.

ALcine allarmée de cet accident, inuoque de nouueau tous ses Esprits, et leur demande secours : il s'en presente deux à elle, qui font des sauts auec vne force et vne agilité merueilleuse.

Demons Agilles.

Les Sieurs S. André et Magny.

V. ENTRE'E.

D'Autres Demons viennent encore, et semblent asseurer la Magicienne qu'ils n'oublieront rien pour son repos.

Autres Demons Sauteurs.

Les Sieurs Tutin, La Brodiere, Pesan, et Bureau.

VI. ET DERNIERE ENTRE'E.

MAis à peine commence-t-elle à se r'asseurer qu'elle voit paroistre aupres de Roger, et de quelques cheualiers de sa suite, la sage Melisse sous la forme d'Athlas; Elle court aussi tost pour empescher l'effet de son intention;

mais elle arriue trop tard : Melisse a déjà mis au doigt de ce braue Cheualier la fameuse bague qui destruit les enchantemens. Lors vn coup de tonnerre, suiuy de plusieurs esclairs, marque la destruction du Palais, qui est aussi-tost réduit en cendres par vn Feu d'artifice qui met fin à cette auanture, et aux diuertissemens de l'Isle Enchantée.

Alcine. Mademoiselle du Parc. *Melisse*. De Lorge.
Roger. M. Beauchamp.

Cheualiers. Messieurs d'Heureux, Raynal, Du Pron, et Desbrosses.

Escuyers. Messieurs La Marre, Le Chantre, De Gan, et Mercier.

FIN DV BALLET.

IL sembloit que le Ciel, la Terre et l'Eau fussent tout en feu, et que la destruction du superbe Palais d'Alcine, comme la liberté des Cheualiers qu'elle y retenoit en prison, ne se pût accomplir que par des prodiges et des miracles : la hauteur et le nombre des fusées volantes, celles qui rouloient sur le riuage, et celles qui ressortoient de l'eau apres s'y estre enfoncées, faisoient vn spectacle si grand et si magnifique, que rien ne pouuoit mieux terminer les Enchantemens, qu'vn si beau Feu d'Artifice; lequel ayant enfin cessé apres vn bruit et vne longueur extraordinaire, les coups de boëtes qui l'auoient commencé redoublerent encore.

Alors toute la Cour se retirant, confessa qu'il ne se pouuoit rien voir de plus acheué que ces trois Festes : Et c'est assez aduoüer qu'il ne s'y pouuoit rien adjouster, que de dire que les trois Iournées ayant eu chacune ses partisans, comme chacun auoit eu ses beautez particuliers, on ne conuint pas du prix qu'elles deuoient emporter entr'elles; bien qu'on demeurast d'accord qu'elles pouuoient justement le disputer à toutes celles qu'on auoit veuës jusques alors, et les surpasser peut-estre.

Mais quoy que les Festes comprises dans le sujet des Plaisirs de l'Isle Enchantée fussent terminées, tous les diuertissemens de Versailles ne l'estoient pas; et la magnificence et la galanterie du Roy, en auoit encore reserué pour les autres jours, qui n'estoient pas moins agreables.

Le Samedy dixiesme Sa Majesté voulut courre les testes; c'est vn exercice que peu de gens ignorent, et dont l'vsage est venu d'Allemagne, fort bien inuenté, pour faire voir l'adresse d'vn Caualier, tant à bien mener son cheual dans les passades de guerre, qu'à bien se seruir d'vne lance, d'vn dard, et d'vne espée. Si quelqu'vn ne les a point veu courre, il en trouuera icy la description, estant moins communes que la bague, et seulement icy depuis peu d'années, et ceux qui en ont eu le plaisir, ne s'ennuyent pas pourtant d'vne narration si peu estenduë.

Les Cheualiers entrent l'vn apres l'autre dans la Lice la lance à la main, et vn dart sous la cuisse droite; et apres que l'vn d'eux a couru et emporté vne Teste de gros carton peinte, et de la forme de celle d'vn Turc, il donne sa lance à vn Page, et faisant la demi-volte il reuient à toute bride à la seconde Teste, qui a la couleur et la forme d'vn Maure, l'emporte auec le dard qui luy jette en passant; puis reprenant vne jaueline, peu differente de la forme du dard, dans vne troisiesme passade, il la darde dans vn bouclier où est peinte vne teste de Méduse; et acheuant sa demi-volte il tire l'espée, dont il emporte en passant toûjours à toute bride vne teste éleuée à vn demy pied de terre; puis faisant place à vn autre, celuy qui en ses courses en a emporté le plus, gagne le prix.

Toute la Cour s'estant placée sur vne balustrade de fer doré, qui regnoit autour de l'agreable maison de Versailles, et qui regarde le fossé, dans lequel on auoit dressé la Lice auec des Barrieres.

Le Roy s'y rendit suiuy des mesmes Cheualiers qui auoient couru la bague : Les Ducs de S. Aignan et de Noailles y continüans leurs premieres fonctions; l'vn de Mareschal de Camp, et l'autre de Iuge des Courses : Il s'en fit plusieurs fort belles et heureuses; mais l'addresse du Roy luy fit emporter hautement, en suitte du prix de la Course des Dames, encore celuy que donnoit la Reyne; C'estoit vne rose de Diamans de grand prix, que le Roy, apres l'auoir gagnée, redonna liberalement à courre aux autres Cheualiers, et que le Marquis de Coaslin disputa contre le Marquis de Soyecourt et la gagna.

Le Dimanche au leuer du Roy, quasi toute la conuersation tourna sur les belles Courses du jour precedent, et donna lieu à vn grand deffy entre le Duc de S. Aignan, qui n'auoit point encore couru, et le Marquis de Soyecourt, qui fut remise au lendemain, pource que le Mareschal Duc de Grammont, qui parioit pour ce Marquis, estoit obligé de partir pour Paris, d'où il ne deuoit reuenir que le jour d'apres.

Le Roy mena toute la Cour cette apresdinée à sa Mesnagerie, dont on admira les beautez particulieres, et le nombre presque incroyable d'oyseaux de toutes sortes; parmy lesquels il y en a beauconp de fort rares. Il seroit inutile de parler de la collation qui suiuit ce diuertissement, puis que huit jours durant chaque repas pouuoit passer pour vn Festin des plus grands qu'on puisse faire.

Et le soir Sa Majesté fit representer sur l'vn de ces theatres doubles de son Sallon, que son Esprit vniuersel a luy-mesme inuentez, la Comedie des Fascheux faite par le Sieur de Moliere, meslée d'entrées de Ballet, et fort ingenieuse.

Le bruit du deffy qui se deuoit courir le Lundy douziesme, fit faire vne infinité de gageures d'assez grande valeur; quoy que celle des deux Cheualiers ne fut que de cent pistolles : Et comme le Duc par vne heureuse audace donnoit vne Teste à ce Marquis fort adroit, beaucoup tenoient pour ce dernier; qui s'estant rendu vn peu plus tard chez le Roy, y trouua vn cartel pour le presser, lequel pour n'estre qu'en prose, on n'a point mis en ce discours.

Le Duc de S. Aignan, auoit aussi fait voir à quelques-vns de ses amis, comme vn heureux presage de sa victoire, ces quatre Vers.

AVX DAMES.

Belles vous direz en ce jour
Si vos sentimens sont les nostres,
Qu'estre vainqueur du grand Soyecourt
C'est estre vainqueur de dix autres.

Faisant toujours allusion à son nom de Guidon le Sauuage, que l'auanture de l'Isle perilleuse rendit victorieux de dix Cheualiers.

Aussi-tost que le Roy eust disné, il conduisit les Reynes, Monsieur, Madame, et toutes les Dames dans vn lieu où on deuoit tirer vne Loterie, afin que rien ne manquast à la galanterie de ces Festes ; c'estoit des pierreries, des ameublemens, de l'argenterie et autres choses semblables : Et quoy que le sort ait accoustumé de décider de ces presens, il s'accorda sans doute auec le desir de S. M. quand il fit tomber le gros lot entre les mains de la Reyne; chacun sortant de ce lieu-là fort content, pour aller voir les Courses qui s'alloient commencer.

Enfin Guidon et Oliuier parurent sur les rangs à cinq heures du soir, fort proprement vestus et bien montez.

Le Roy auec toute la Cour les honora de sa presence; et Sa Majesté leust mesme les Articles des Courses, afin qu'il n'y eût aucune contestation entre-eux. Le succez en fut heureux au Duc de S. Aignan, qui gagna le deffy.

Le soir Sa Majesté fit joüer vne Comedie nommée Tartuffe, que le Sieur de Molliere auoit faite contre les Hypocrites; mais quoy qu'elle eut esté trouuée fort diuertissante, le Roy connut tant de conformité entre ceux qu'vne veritable deuotion met dans le chemin du Ciel, et ceux qu'vne vaine ostentation des bonnes œuvres n'empesche pas d'en commettre de mauuaises; que son extréme delicatesse pour les choses de la Religion, ne pût souffrir cette ressemblance du vice auec la vertu qui pouvoit estre prise l'une pour l'autre : Et quoy qu'on ne doutast point des bonnes intentions de l'Autheur, il la deffendit pourtant en public, et se priua soy-mesme de ce plaisir, pour n'en pas laisser abuser à d'autres, moins capables d'en faire vn juste discernement.

Le Mardy treiziesme le Roy voulut encore courre les Testes, comme à vn jeu ordinaire que deuoit gagner celuy qui en feroit le plus : Sa Majesté eut encore celuy de la Course des Dames, le Duc de S. Aignan celuy du jeu; et ayant eu l'honneur d'entrer pour le second à la dispute auec Sa Majesté : L'adresse incomparable du Roy lui fit encore auoir ce prix, et ce ne fut pas sans vn estonnement, duquel on ne pouuoit se deffendre, qu'on en vit gagner quatre à Sa Majesté en deux fois qu'elle auoit couru les testes.

On joua le mesme soir la Comedie du Mariage Forcé, encore de la façon du mesme Sieur de Molliere, meslée d'entrées de Balet, et de Recits : Puis le Roy prit le chemin de Fontainebleau le Mercredy quatorziesme; toute la Cour se trouuant si satisfaite de ce qu'elle auoit veu, que chacun crut qu'on ne pouuoit se passer de le mettre par escrit, pour en donner la connoissance à ceux qui n'auoient pû voir des Festes si diuersifiées et si agreables; où l'on a pû admirer tout à la fois le projet auec le succez, la liberalité auec la politesse, le grand nombre auec l'ordre, et la satisfaction de tous. Où les soins infatigables de Monsieur de Colbert s'employerent en tous ces diuertissemens, malgré ses importantes affaires; où le Duc de S. Aignan, joignit l'action à l'invention du dessin; où les beaux vers du President de Perigny à la louange des Reynes, furent si justement pensez, si agreablement tournez, et recitez auec tant d'Art; où ceux que Monsieur de Bensserade fit pour les Cheualiers, eurent vne approbation generalle; où la vigilance exacte de Monsieur Bontemps, et l'application de Monsieur de Launay, ne laisserent manquer d'aucune des choses necessaires: Enfin, où chacun a marqué si aduantageusement son dessein de plaire au Roy; dans le temps où Sa Majesté ne pensoit elle-mesme qu'à plaire; et où ce qu'on a veu ne sçauroit jamais se perdre dans la memoire des Spectateurs, quand on n'auroit pas pris soin de conseruer par cét escrit le souuenir de toutes ces merueilles.

FIN.

PRIVILEGE DV ROY.

LOVIS, PAR LA GRACE DE DIEV, ROY DE FRANCE ET DE NAVARRE. A nos Amez et Feaux Conseillers, et les Gens tenans nostre Cour de Parlement, Preuost de Paris ou son Lieutenant, Baillifs, Sénechaux, et autres nos Iuges ou leurs lieutenans, et à chacun d'eux si comme appartiendra, SALVT. Nostre bien Amé ROBERT BALLARD, Nostre seul Imprimeur pour la Musique, Nous a fait remonstrer qu'il luy auroit esté mis vn liure en main, et par nostre ordre intitulé, *les Plaisirs de l'Isle enchantée, contenant Course de Bague, Collation ornée de machines, meslée de dance et musique; Ballet du Palais d'Alcine, Feu d'artifice, la Comedie du sieur Molliere Intitulée la Princesse d'Elide auec les Intermedes et autres Festes galantes et magnifiques que nous auons fait à nostre Chasteau de Versailles le septiéme May dernier et continuées plusieurs autres jours de suitte :* Lequel il desireroit mettre au jour au contentement d'vn chacun. A CES CAVSES, desirans fauorablement traitter ledit exposant; Nous, en consideration du labeur et trauail, et pour empescher qu'il ne soit frustré d'iceux, Luy auons de nostre grace specialle, pleine puissance et authorité Royalle, permis et octroyé, permettons et octroyons par ces presentes, d'imprimer ou faire imprimer en telle marge, volume et caractere qu'il luy plaira, ledit liure, et de l'exposer en vente et le distribuër durant le temps de sept années, à commencer du jour qu'il sera paracheué d'imprimer : deffendans à tous Imprimeurs, Libraires et autres personnes de quelque condition et qualité qu'elles soient de l'imprimer ou faire imprimer, le vendre, et distribuër pendant ledit temps ny mesme faire extraire partie d'iceluy à peine de trois mil liures d'amande, aplicable moitié à Nous, et l'autre moitié audit Exposant, et de la confiscation desdits Liures imprimez et contrefaits et de tous despens dommages et interests; à la charge de mettre deux exemplaires dudit Liure en nostre Bibliotheque publique, vn autre en celle de nostre Chasteau du Louure, et vn autre ès mains de nostre cher et féal Cheualier le Sieur Seguier, Chancelier de France, auant que de l'exposer en vente, et de faire registrer ces présentes és Registres du Scindic de la Communauté des Libraires de nostre Ville de Paris, à peine de nullité des presentes : du contenu desquelles, Nous vous mandons que vous fassiez joüir plainement et paisiblement, durant ledit temps, ledit Exposant ou ceux qui auront droit de luy; et qu'en mettant au commencement ou à la fin de chacun Liure vn extrait des presentes, elles soient tenuës pour bien et deuëment signifiée, et que foy soit adjoustée aux copies collationnées par vn de nos Amez et Feaux Conseillers et Secretaires Maison et Couronne, comme à l'Original; et que tous Exploits soient faits pour l'execution des presentes par le premier de nos Huissiers ou Sergens sur ce requis, ausquels mandons de faire, nonobstant Clameur de Haro, Charte Normande, prise à partie, et Lettres à ce contraires. Car tel est nostre plaisir. DONNÉ à Paris le septiesme jour de Ianuier l'an de grace mil six cent soixante-cinq, et de nostre Regne le vingt-deuxiesme.

PAR LE ROY EN SON CONSEIL.

Signé VINCENT.

Registré sur le Liure de la Communauté des Imprimeurs et Marchands Libraires de cette Ville, suiuant et conformement à l'Arrest de la Cour de Parlement du 8 *Auril* 1653. *Et aux charges portées par le present Priuilege. A Paris, ce* 3 *feburier* 1665.

Signé, E. MARTIN, Scindic.

Acheué d'imprimer pour la premiere fois, le dernier Ianuier 1665.

Les Exemplaires ont esté fournis.

Ledit sieur Ballard a cedé et transporté le droit du present Priuilege à Estienne Loyson et Gabriel Quinet pour en joüir suiuant le traité qu'ils ont fait ensemble.

A PARIS

DES PRESSES DE D. JOUAUST

Imprimeur breveté

RUE SAINT-HONORÉ, 338

www.ingramcontent.com/pod-product-compliance
Ingram Content Group UK Ltd.
Pitfield, Milton Keynes, MK11 3LW, UK
UKHW031911260826
14628UKWH00003B/1121

9 782019 140601